SPOREN & SATIN

LENOX RANCH COWBOYS - BUCH 2

VANESSA VALE

HOLEN SIE SICH IHR KOSTENLOSES BUCH!

Tragen Sie sich in meine E-Mail Liste ein, um als erstes von Neuerscheinungen, kostenlosen Büchern, Sonderpreisen und anderen Zugaben zu erfahren.

kostenlosecowboyromantik.com

Copyright © 2015 von Vanessa Vale

Dies ist ein Werk der Fiktion. Namen, Charaktere, Orte und Ereignisse sind Produkte der Fantasie der Autorin und werden fiktiv verwendet. Jegliche Ähnlichkeit mit tatsächlichen Personen, lebendig oder tot, Geschäften, Firmen, Ereignissen oder Orten sind absolut zufällig.

Alle Rechte vorbehalten.

Kein Teil dieses Buches darf in irgendeiner Form oder auf elektronische oder mechanische Art reproduziert werden, einschließlich Informationsspeichern und Datenabfragesystemen, ohne die schriftliche Erlaubnis der Autorin, bis auf den Gebrauch kurzer Zitate für eine Buchbesprechung.

Umschlaggestaltung: Bridger Media

Umschlaggrafik: Wander Aguiar Photography; Deposit Photos: JohnnyAdolphsonPhotography

Dieses Buch wurde bereits unter dem Titel Hyacinth veröffentlicht.

1

Hyacinth

Ich hätte der Predigt des Pfarrers lauschen sollen, da er ein ziemlich guter Prediger war. Das Thema des heutigen Morgens 'Vergebung' war etwas, dass ich voll und ganz gebrauchen könnte, aber meine Gedanken wanderten in eine andere Richtung. Gott konnte mir das nicht wirklich zum Vorwurf machen, da Jackson Reed in der Bank vor mir saß. Aufgrund seiner enormen Größe konnte ich den Pfarrer nicht sehen, ohne mich nach links zu lehnen und mit dem Kopf gegen Marigold zu stoßen. Ich *könnte* auch einfach die Augen schließen und die Worte über Gott durch mich fließen lassen, aber stattdessen nutzte ich die Gelegenheit, die Gott mir gewährte, um den Mann ausgiebig zu mustern, der noch in der Minute, in der er einen Fuß auf unsere Ranch gesetzt hatte, meine Aufmerksamkeit erregt hatte.

Zu keiner anderen Zeit konnte ich einfach dasitzen und Jackson schamlos anstarren, vor allem nicht aus solcher

Nähe, da es dann nicht nur er wissen würde, sondern auch meine Schwestern – die sechs, die noch zu Hause wohnten – die links und rechts von mir in der Bankreihe saßen. Wohingegen ich versuchte, ihn unbemerkt zu beobachten, gingen meine Schwestern nicht ganz so subtil vor. In der Tat versammelten sie sich oft zu zweit oder zu dritt vor einem der Fenster des Hauses, wenn er in Sichtweite war.

Jacksons Haare waren sehr hell, an den Seiten kurz geschoren und oben länger. Er hatte einen nach rechts gekämmten Scheitel und obwohl ich sie nicht sehen konnte, wusste ich, dass die Haare in seine Stirn fielen. Seine Haare zeigten noch den Abdruck des Hutes, der in seinem Schoß lag. Die Haut in seinem Nacken war gebräunt und als er seinen Kopf leicht zur Seite drehte, konnte ich seinen glattrasierten Kiefer sehen. Ich kannte dessen Kanten so gut wie die lange Linie seiner Nase, seine ausgeprägte Stirn und sehr blauen Augen. Er hatte Augen, die, wenn sie sich auf mich richteten, mich nicht einfach nur ansahen, sondern *in* mich sahen. Das war sehr beunruhigend und jedes Mal, wenn Jackson mit mir sprach, brachte ich kein Wort über die Lippen und war schrecklich nervös.

Das war der Grund, warum ich diese Stunde nutzte, um mir jedes Detail einzuprägen, das mir ansonsten entgehen würde. Gott hatte mir diese Zeit sicherlich mit Absicht gewährt. Ich musterte das weiche Flanell seines blauen Hemdes, das bestimmt zu seinen Augen passte, die sehr hellen Haare, die seine Ohrläppchen bedeckten und nur sichtbar waren, wenn die Sonne durch die Kirchenfenster direkt auf ihn schien. Als ich einatmete, konnte ich einen Hauch seines Duftes wahrnehmen. Minze und Leder.

Ein Rempler von Marigold riss mich aus meinen Träumereien. Sie wackelte mit ihren Augenbrauen und neigte ihren Kopf in Jacksons Richtung, um mir schweigend mitzuteilen, wie attraktiv er war. Es wurden keine Worte benötigt, da sie und Lily und Iris, seit seiner Ankunft vor zwei Monaten, oft genug von ihm geschwärmt hatten. Als Antwort nahm ich lediglich das Gesangsbuch von der Banklehne und schlug die Seite auf, die der Pfarrer angekündigt hatte. Als das Klavier zu spielen begann, waren es nicht die Worte des Liedes, denen meine Aufmerksamkeit galt, sondern dem tiefen Bariton vor mir, der die Worte sang. Ich hatte gerade eine weitere Sache über Jackson Reed erfahren; er konnte sehr gut singen.

Als der Gottesdienst kurze Zeit später endete, erhoben wir uns und Marigold beugte sich zu mir, um mir ins Ohr zu flüstern: „Hast du irgendeine Ahnung, wovon die Predigt gehandelt hat?" Sie kicherte und ich starrte sie finster an. Ich wartete darauf, dass Lilly, die sich auf meiner anderen Seite befand, in den Gang trat, und folgte ihr.

„Jackson, fandst du die Predigt informativ?", fragte Lily. *Sie* war in Gegenwart des Mannes nicht schüchtern und zögerte nicht, ihn in ein Gespräch zu verwickeln oder ihr Interesse offenkundig zu zeigen. Es war eindeutig, zumindest für mich, dass er ihr Interesse nicht erwiderte und ihr lediglich nichtssagende und neutrale Antworten gab.

Er sah zu Lily und lächelte. Ich war für einen Augenblick eifersüchtig auf sie, da er ihr ein Lächeln schenkte und sie das nicht zu schätzen wusste. Sie *wollte* es, so viel stand fest, aber sie verstand den Wert von Jacksons Aufmerksamkeit nicht.

„Gibt es jemanden in deinem Leben, dem du vergeben solltest?", fragte er sie. Sie trat in den Gang und er streckte seine Hand in einer Geste aus, die bedeutete, dass ich ihr folgen sollte. Die restlichen Mitglieder der Lenox' Familie liefen hinter uns den Gang hinab und das Gespräch wurde unterbrochen, bis wir wieder draußen waren.

„Ich sollte Lily vergeben, weil sie das Band genommen hat, das ich an meine Haube nähen wollte", entgegnete Iris.

„Sie hat auch meine Fliederseife verwendet", fügte Marigold hinzu.

Lily sah kein bisschen reumütig aus. „Ja, aber das war ein Tauschgeschäft. Ich habe dir im *Austausch* für das Band etwas Spitze gegeben, die du an dein neues Kleid nähen kannst." Sie wandte sich an Marigold und deutete auf sie. „Das ist nicht deine Seife. Sie gehört mir. Ich habe sie zum Geburtstag bekommen, also sollte *ich* dir vergeben."

Die drei drehten sich im Kreis und stritten darüber, wer recht hatte, Jackson wurde völlig vergessen. Er grinste einfach nur und gesellte sich zu seinem Vater, der am Rand stand. Ich stand ebenfalls am Rand, aber auf der anderen Seite unserer großen Gruppe. Nachdem sich jeder beim Pfarrer an der Tür bedankt und sich uns auf dem offenen Feld vor der Kirche angeschlossen hatte, klatschte Miss Esther in die Hände, um unsere Aufmerksamkeit auf sich zu ziehen.

Von den zwei Schwestern, die acht Waisen nach dem großen Brand von Chicago gerettet hatten, war Miss Esther die Pragmatischere. Sie erlaubte kein Gezeter oder Unverschämtheiten. Das war auch der Grund, dass sie Lily, Iris und Marigold unterbrach. „Ihr drei", sie deutete auf sie, „Mrs. Thomas braucht Hilfe mit dem Essen. Geht und macht euch nützlich und zwar weit von einander entfernt." Sie sah jedes der Mädchen streng an und obwohl sie leicht zerknirscht wirkten, flüsterten sie miteinander, während sie in die Richtung des Bachs zum Kirchenpicknick liefen. Die großen Pappeln, die dem dahinfließenden Wasser folgten, boten meilenweit den einzigen Schatten.

„Daisy und Poppy, ihr sollt bei den Spielen für die Kinder helfen."

Sie nickten und gingen mit viel weniger Arbeit davon als ihre Schwestern.

„Dahlia du kannst uns helfen, unser Essen vom Wagen zu holen."

Miss Trudy überließ Miss Esther das Delegieren der Gruppe und wandte sich unserem Wagen und unseren Essenskörben zu, die wir dem Picknick beisteuerten.

Big Ed lief neben Miss Esther und sie steckten die Köpfe zusammen, während sie ernst über etwas sprachen. Ich bemerkte, dass ich mit Jackson allein zurückgelassen worden war.

„Braucht ihr meine Hilfe nicht?", rief ich. Ich versuchte, die Panik aus meiner Stimme zu verdrängen, während ich Miss Trudy fragte. Sie drehte sich zu mir um und lächelte. „Wir haben alles gut im Griff. Du hast dich um das Frühstücksgeschirr gekümmert, deshalb kannst du das Picknick genießen."

Innerhalb einer Minute hatte sich Miss Esther der gesamten Lenox Familie mit der Geschwindigkeit und Eile angenommen, die man sonst nur in einem Armee-Regiment vorfand, wodurch wir allein zurückblieben.

Mein Herz pochte wild und meine Handflächen waren feucht wegen meiner angespannten Nerven. Ich sah überallhin, nur nicht zu dem großen Mann neben mir. Ich räusperte mich. „Guten Tag, Mr. Reed."

Als ich mich gerade umdrehen und fliehen wollte, packte er meine Schulter – wenn auch sanft – hielt mich auf und drehte mich herum. Es war das erste Mal, dass er mich berührte bis auf die ein, zweimal, bei denen er mir vom Wagen geholfen hatte, und die Berührung seiner großen Hand war sehr warm, sogar durch den Stoff meines Kleides. Ich keuchte bei dem Kontakt auf, nicht weil ich Angst vor ihm, sondern vor *mir* selbst hatte.

„Oh, nein das tust du nicht, Hyacinth Lenox."

Ich legte meinen Kopf in den Nacken, um unter dem Rand meiner Haube zu ihm hochschauen zu können. Er hatte seinen Hut wieder aufgesetzt und sein Gesicht lag im Schatten, aber ich konnte nach wie vor seine klaren blauen Augen sehen. „Dieses Mal lasse ich dich nicht wegrennen."

„Ich...ich renne nicht weg", entgegnete ich.

Er entfernte seine Hand und beugte sich an der Taille nach vorne, sodass wir uns auf Augenhöhe befanden. „Nein? Dann eben fliehen. Ich hatte gehofft, dass ich die Mahlzeit mit dir einnehmen könnte, wenn du mich dazu einladen würdest."

Ich schwieg. Das war eine Strategie, die ich bereits vor langer Zeit gelernt hatte, da es oft besser war, den Mund zu halten, als zu sprechen.

„Ich wundere mich wirklich." Seine Hand kratzte über die kurzen Bartstoppeln an seinem Kinn. Ich fragte mich, wie sie sich wohl unter meinen Fingern anfühlen würden. „Rieche ich?"

Meine Augen weiteten sich bei seiner Frage. „Riechen?" Ich konnte ihm nicht sagen, dass er köstlich nach Minze oder Leder roch. Ich würde lächerlich klingen.

„Jedes Mal, wenn ich dir nahekomme, rennst du davon wie ein schreckhaftes Pferd. Ich denke so langsam, dass vielleicht etwas mit mir nicht stimmt. Ich habe erst heute Morgen gebadet, aber vielleicht rieche ich ja trotzdem."

Der Gedanke an Jackson in einer Badewanne, nackt und seinen kräftigen Körper einseifend, ließ Schweißperlen auf meiner Oberlippe entstehen. Ich schüttelte den Kopf. „Nein, du riechst nicht."

Er grinste und ich hielt die Luft an. Er war der bestaussehende Mann, den ich jemals gesehen hatte. Ich kannte andere Frauen, die dachten, John Mabry aus der Stadt wäre gut aussehend und vielleichten hatten sie damit recht, aber Jackson ließ den Mann im Vergleich langweilig aussehen. Ich seufzte innerlich. Ich bezweifelte, dass ich einen anderen

Mann finden würde, der solche Gefühle in mir weckte, wie es Jackson tat.

„Gut", sagte er. „Ist es dann etwas, das ich getan habe?"

Ich schüttelte den Kopf, da der Mann nie irgendetwas falsch gemacht hatte. Ich reagierte auf ihn genauso, wie ich es immer getan hatte, mit gleichen Teilen Anziehung und leichter Panik.

„Dann liegt es nicht an mir?", fragte er.

Ich schüttelte wieder den Kopf.

„Gut. Ich bin sehr erleichtert, Hyacinth." Ich trat einen Schritt zurück, aber er schüttelte seinen Kopf. „Nicht so schnell. Wenn es nicht an mir liegt, dann liegt es an dir."

Ich legte meine Hand auf die Brust. „Mir?", quiekte ich.

Jetzt war ich *wirklich* nervös, da er der Wahrheit gefährlich nahe kam. Auch wenn ich mich nach der Aufmerksamkeit sehnte, die er mir momentan schenkte, konnte ich keine formelle Geste des Interesses von seiner Seite aus erlauben. Ich konnte – würde – nicht heiraten und es war Jackson gegenüber nicht fair, zuzulassen, dass er mir irgendeine Art von Aufmerksamkeit schenkte. Ich war deren nicht würdig. Schuld nagte beständig an mir, weil ich lebte, während meine Freundin Jane tot war. Das allein war genug, um mich davon abzuhalten, irgendeiner Art von Vergnügen nachzugehen. Sie war in genau dem Bach ertrunken, neben dem wir gerade standen, während ich noch lebte. Wir waren beide ins Wasser gegangen, um herum zu plantschen und zu spielen, aber ich war die Einzige, die wieder herausgekommen war. In ihrem Grab konnte Jane nicht heiraten, konnte keine Familie gründen, würde nie Liebe oder Liebeskummer kennenlernen, Verlangen oder irgendetwas *Echtes*. Wenn sie nichts von diesen Dingen haben konnte, dann konnte ich das auch nicht.

„Du gehst mir aus dem Weg und ich sollte dieses

Verhalten unhöflich finden, aber stattdessen finde ich es liebenswert."

Ich runzelte die Stirn und zu meiner Überraschung, hob er seinen Daumen, um über die Stelle auf meiner Stirn zu reiben, die sich zu einem V verzogen hatte. Seine Augen blickten in meine und ich konnte nicht wegsehen. Ich wollte, aber ich...konnte einfach nicht.

„Liebenswert?" Ich leckte meine trockenen Lippen. „Ich verstehe nicht."

Seine Augen sanken für einen kurzen Moment auf meinen Mund. „Du bist nicht wie die anderen. Deren... Vernarrtheit ist offenkundig und dumm. Wie du dir nur allzu gut bewusst ist, wird sie nicht erwidert. Aus irgendeinem Grund muss ich ausgerechnet die eine Frau, die absolut nichts mit mir zu tun haben möchte, reizvoll finden."

Er fand *mich* reizvoll? Wo er doch jede meiner Schwestern oder sogar jede der heiratsfähigen Damen der Stadt haben könnte? Er war an *mir* interessiert? Mit dem Mann konnte etwas nicht stimmen, aber als ich ihn ansah, konnte ich nichts entdecken.

„Du benimmst dich weder bei meinem Vater noch Jed Roberts oder Micah Jones so. Nur bei mir."

Die Männer, von denen er sprach, waren nett zu mir. Einer war der Sohn des Eigentümers des Warenladens, der andere ein Landbesitzer, der vor einigen Monaten nach der Kirche mit mir spazieren gegangen war. Sie waren nette und fähige Gentlemen, aber sie waren nicht Jackson. Sie weckten nicht die gleichen Gefühle in mir wie Jackson. Ich hatte mich darüber gefreut, dass ich für sie nichts empfunden hatte, da mein Herz nicht in Gefahr war. Aber Jackson...er hatte alles ruiniert.

„Dein Vater...und die anderen sind sehr nett."

„Natürlich. Nett. Kein Mann möchte allerdings von der Frau, der er den Hof macht, als *nett* bezeichnet werden. Du behandelst mich anders – rennst bei meinem Erscheinen in die entgegengesetzte Richtung, duckst dich hinter Bäume, damit ich dich nicht sehe."

Ich lief tiefrot an, da ich mich wirklich einmal hinter einem Baum versteckt hatte, um eine Begegnung mit Jackson zu vermeiden. Ich hatte gedacht, er hätte mich nicht bemerkt, aber anscheinend war das Gegenteil der Fall gewesen und er hatte es für sich behalten.

„Jackson, ich entschuldige mich – "

Er legte seinen Finger auf meine Lippen, wodurch er mich zum Schweigen brachte. Ich keuchte bei der überraschenden Berührung auf. Seine Fingerkuppe war weich und ich wollte sie küssen, sogar meine Zunge ausstrecken, um seinen Geschmack zu erkunden.

„Ich möchte keine Entschuldigung. Der Punkt, den ich machen möchte, – wozu ich scheinbar zu lange brauche – ist, dass du dich in meiner Gegenwart anders verhältst, weshalb ich zu der Überzeugung gelangt bin, dass du genauso fasziniert von mir bist wie ich von dir."

Er entfernte seinen Finger und ich öffnete meinen Mund, um ihm zu widersprechen, aber er sprach zuerst.

„Ich beabsichtige, dir den Hof zu machen, Hyacinth Lenox, und ich werde meinen Kopf diesbezüglich durchsetzen. Du hast zu lange *deinen* Willen gehabt. Du wirst mir nicht mehr aus dem Weg gehen. Es ist an der Zeit, dass wir herausfinden, was dies", er deutete zwischen uns beiden hin und her, „ist und dementsprechend handeln."

Ich fühlte mich gleichzeitig euphorisch und panisch und geschmeichelt und schuldig. „Jackson, ich kann nicht...ich kann dein Interesse oder das eines anderen nicht akzeptieren." Ich sah hinab auf die Knöpfe seines Hemdes, da dies harte Worte waren und ich sie nicht aussprechen könnte, wenn ich in seine aufrichtigen Augen sah. Ich konnte nicht glücklich sein, wenn Janes Tod doch meine Schuld gewesen war. Der Unfall lastete schwer auf meinen Schultern und das war keine Bürde, die ich jemand anderem anlasten konnte. Also würde ich sie tragen und mir selbst die Freude eines Lebens, das ich nicht verdiente, versagen. „Ich kann nicht heiraten. Ich werde nicht heiraten. Also solltest du eine Frau suchen, die daran interessiert ist. An *dir*."

Ich sah kurz zu ihm hoch und entdeckte Überraschung, aber auch eine Spur Verärgerung. Seine Augen waren zu Schlitzen verzogen und sein Kiefer zusammengepresst. Vielleicht gefiel es ihm einfach nicht, eine Abfuhr zu erhalten. Es war nicht von Bedeutung. Ich fühlte mich, als wäre mein Herz auf den Boden gefallen und eine Herde Rinder wäre darüber getrampelt. „Auf Wiedersehen", flüsterte ich. Tränen blockierten meine Kehle und erlaubten nicht, dass ich noch mehr Worte verlor.

„Hyacinth", stöhnte Jackson.

Ich schüttelte meinen Kopf und seine Hemdknöpfe verschwammen, als sich meine Augen mit Tränen füllten. Ich musste fliehen, bevor ich mich selbst zum Narren machte.

„Elizabeth Seabury", platzte es aus mir heraus, „sie hat ein Auge auf dich geworfen. Ich bin mir sicher, sie würde sehr gerne ihre Mahlzeit mit dir einnehmen." Ich wartete nicht auf seine Antwort, sondern wirbelte auf der Ferse herum und floh, etwas, worin ich sehr, sehr gut war.

2

Hyacinth Lenox war die frustrierendste Frau, der ich jemals begegnet war. Sie war auch die hübscheste. Das erste Mal, als ich sie gesehen hatte, war am Morgen nach meiner Ankunft auf der Ranch gewesen. Mein Vater und ich waren zum Frühstück ins große Haus eingeladen worden. Ich hatte gewusst, dass neun Frauen in dem riesigen Haus lebten – eine hatte gerade erst geheiratet und war auf eine benachbarte Ranch gezogen – und hatte erwartet, dass es chaotisch zugehen würde. Was ich herausgefunden hatte, war, dass Frauen absolut nichts mit einer Gruppe Männer gemein hatte. Ich hatte zwölf Jahre meines Lebens in der Armee verbracht und die Mahlzeiten konnten in jedem Essenszelt oder sogar draußen an einem Lagerfeuer, wenn wir hungrig genug waren, hektisch sein.

Aber als wir durch die Hintertür das Lenox Haus betreten

hatten, war es, als würde ich einen Tornado in einem Haus beobachten. Zwei Leute hatten das Essen, das auf dem Herd köchelte, angerichtet. Zwei andere hatten den Tisch gedeckt, während zwei weitere wegen eines zerrissenen Kleidersaums gestritten hatten. Zwei andere hatten sich gegenseitig die Haare frisiert. Und der Lärm! Der Geräuschpegel war mit nichts zu vergleichen gewesen, was ich jemals zuvor erlebt hatte. Jeder hatte gleichzeitig über die Geräusche klappernden Geschirrs und Bestecks, das auf den Tisch geknallt wurde, geredet. Und in diesem ganzen Tohuwabohu hatte Hyacinth gesessen. Sie hatte schweigend und ruhig den Saum des Rockes genäht, über den gerade gestritten wurde, ein zufriedenes Lächeln auf ihren Lippen. Für einen Augenblick hatte ich mich gefragt, ob sie taub war, da sie der Lärm kein bisschen zu stören schien.

Die Sonne hatte durch die Fenster geschienen und sie beleuchtet. Ihre Haare waren mahagonifarben und zu einem einfachen Knoten in ihrem Nacken frisiert gewesen. Ihre Haut war im Kontrast dazu wunderschön hell und sie hatte nach unten geschaut, weshalb ich ihre Augen nicht hatte sehen können. Es war jedoch nicht wichtig gewesen, da ich in diesem Moment gewusst hatte, dass sie die Meine werden würde. Sie hatte mich nicht ansehen müssen, damit ich das wusste. Ich hatte es tief in meinen Eingeweiden gespürt. Es war definitiv Liebe auf den ersten Blick gewesen, genauso wie mir mein Vater erzählt hatte, dass es bei ihm und meiner Mutter gewesen war. Als Hyacinth ihren Kopf gehoben hatte, waren meine Gefühle bestätigt worden. Die Tatsache, dass ihre Augen so hübsch und mit umwerfenden langen Wimpern gesäumt waren, war irrelevant. Sie hatten sich bei meinem Anblick überrascht geweitet und das hatte mich gefreut, aber als sie ihren Kopf wieder ihrer Näharbeit zugewandt hatte, wusste ich, dass ich ein gutes Stück Arbeit vor mir hatte.

Das war vor zwei Monaten gewesen. Zwei Monate, in denen die eine Frau, von der ich hoffte, dass sie mich ansehen würde, meinem Blick ausgewichen war. Zur Hölle, sie war *allem* von mir ausgewichen. Wenn ich in einen Raum trat, ging sie. Wenn ich im Stall war und sie ein Pferd wollte, entschied sie sich dafür zu laufen. Wenn sie Essen zu den Schlafbaracken brachte, fragte sie nach meinem Vater oder den anderen Männern, nicht nach mir. Sie versteckte sich sogar hinter Bäumen und duckte sich in Türeingänge. Das war kein typisches Desinteresse. Das war pures Vermeidungsverhalten. Und ich hatte genug davon.

„Und ich dachte, Rose wäre schwer zu zähmen gewesen", sagte Chance Goodman über seine frisch angetraute Frau, als er sich neben mich stellte. Wir beobachteten beide, wie sich Hyacinth entfernte, bis sie von einer Gruppe Frauen am Tisch mit den Backwaren verschluckt wurde. Ich bezweifelte, dass mein Freund ihren Hüftschwung oder die Art, wie die Sonne von ihren dunklen Haaren reflektierte, bemerkt hatte, da er frisch verheiratet war und Rose für sich beansprucht hatte. Ich jedoch hatte es bemerkt.

Ich schüttelte Chances Hand zur Begrüßung, da ich meine Gedanken von Hyacinths wunderbarem Körper ablenken musste, denn ein Ständer während eines Kirchenpicknicks war keine gute Sache. Chance und ich waren von vergleichbarer Höhe, aber ich war an den Schultern breiter und zwanzig Pfund schwerer als der Mann. Er war nicht schmächtig, ich war einfach *sehr* groß.

„Sie ist die Fügsamste der Gruppe", fügte ich hinzu, wobei ich mich auf die acht Lenox Mädchen bezog.

„Sie ist Roses Lieblingsschwester."

Ich wusste, dass keines der Mädchen miteinander verwandt war, sondern nach dem großen Brand von Chicago von den Lenox Frauen adoptiert und großgezogen worden war, aber das war ihnen egal. Die Schwestern standen sich so nahe, wie es nur ging – stritten, zankten und liebten sich wie jede andere Familie. Die Tatsache, dass es in dem Haushalt keine Männer gab, erschwerte es nur die Lenox Frauen zu verstehen. Sie würden sich keinem Mann fügen, außer sie wollten es. Zur Hölle, sie taten *nichts*, außer sie wollten es tun. Um das herauszufinden, hatte ich keine zwei Monate gebraucht.

Chance war auf der Nachbarsranch aufgewachsen und war ein Nachbar der Lenox Familie, seit er und Rose Kinder gewesen waren. Er war die ganze Zeit über in sie verliebt gewesen, aber hatte diesbezüglich erst vor wenigen Monaten etwas unternommen, wodurch er Rose zum ersten Lenox Mädchen gemacht hatte, dass geheiratet hatte.

Ich beabsichtigte, Hyacinth zum Zweiten zu machen.

„Sie will, dass sie glücklich ist", fuhr Chance fort. Ich war mir nicht sicher, ob dieses Glück mich beinhaltete oder nicht, weshalb ich schwieg. „Deswegen möchte sie, dass du sie zähmst."

Meine Augenbrauen schossen in die Höhe. „Das hat Rose gesagt? Sie hat gesagt, dass ich Hyacinth *zähmen* soll?"

Er wirkte schockiert. „Zur Hölle, nein. Wenn du meiner Frau erzählst, dass ich das Wort benutzt habe, werde ich es bis zu meinem letzten Atemzug leugnen." Seine Aussage offenbarte, dass Rose Lenox Goodman selbst nicht übermäßig gezähmt worden war, ganz egal was Chance behauptete. „Jackson, wir können es alle sehen. Du willst sie."

Ich würde es nicht leugnen. „Ja."

„Sie will dich."

„Das steht zur Diskussion", erwiderte ich.

„Du hast Hyacinth zwar im Blick, aber das hat Rose auch. Genauso wie ich. Du magst vielleicht *sie* sehen, aber wir sehen ihre Reaktion. Nichts – ich meine gar nichts – hat sie in den letzten Jahren so sehr aus dem Konzept gebracht. Du bist der Einzige, der sie dazu bringt, zu erröten oder Salz in den Pfefferstreuer zu schütten."

„Oder zu deinem Haus zu laufen, anstatt mich ein Pferd für sie satteln zu lassen."

Chance lachte. „In der Tat."

„Entweder habe ich etwas getan, dass sie mir feindselig gegenübersteht oder sie hat etwas gegen die Ehe im Allgemeinen. Zuerst dachte ich, Ersteres würde zutreffen, aber nachdem ich mich gerade mit ihr unterhalten habe, denke ich, dass es eher Letzteres ist."

„Oh?"

„Sie sagte, sie könne nicht heiraten."

„Kann nicht oder wird nicht?", fragte Chance.

„Sie sagte *kann nicht*. Stimmt etwas mit ihr nicht, von dem ich nichts weiß?" Sie wirkte auf mich völlig in Ordnung, mehr als völlig in Ordnung. Selbst wenn etwas mit ihr *nicht* stimmte, wäre es mir egal. Ich wollte sie so, wie sie war.

„Verdammt, wenn ich es nur wüsste." Er beobachtete die Menge für einen Augenblick schweigend. „Sie ist vor sechs, sieben Jahren fast in einem Bach ertrunken, aber war in der Lage, sich selbst aus der Strömung zu befreien. Es war eine schreckliche Tragödie, eine Sturzflut. Sie hat nicht mehr als ein paar Blutergüsse und Kratzer davongetragen, aber ich weiß, dass sie nicht mehr in die Nähe von Wasser geht."

Ich hörte die Traurigkeit in seinem Tonfall und wusste, dass Hyacinth Glück gehabt hatte, dass sie noch lebte. Der Gedanke, dass sie in Gefahr gewesen war, dass sie möglicherweise in dem Bach hätte sterben können, ließ es mir kalt den Rücken hinablaufen. Zu dieser Zeit war ich nicht einmal im Montana Territorium gewesen – stattdessen war ich an einem Außenposten stationiert gewesen, der sich um die Indianerbeziehungen in South Dakota kümmerte – aber ich wünschte, ich wäre hier gewesen, um sie selbst zu retten.

„Wasser zu vermeiden und mich zu vermeiden, passt nicht unbedingt zusammen."

Chance seufzte. „Dann schätze ich, wirst du herausfinden müssen, was es ist."

„Wie soll ich das tun, wenn sie mich nicht in ihrer Nähe haben möchte?"

„Ganz einfach. Übernimm die Kontrolle."

Ich hielt inne und dachte einen Moment nach. „Zur Hölle, du hast recht. Ich habe mich von Hyacinth ständig herumschubsen lassen." Ich hatte sie die Geschwindigkeit bestimmen lassen, hatte sie entscheiden lassen, wann und ob sie sich in meiner Gegenwart aufhalten wollte und man sehe, wohin mich das gebracht hatte.

Nirgends.

Ich war daran gewöhnt, die Führung zu haben, aber Hyacinth war so sanft, so ruhig, dass ich mir Sorgen gemacht hatte, dass mein übliches dominantes Gebaren, sie verschrecken würde. Vielleicht war das Gegenteil der Fall. Vielleicht würde sie unter einer starken, dennoch liebevollen, Hand aufblühen, denn das Einzige, was ich in ihrem Gesicht sah, waren Sorge und Traurigkeit.

Sie verbarg es gut. Ich konnte es erkennen, da ich selbst geschickt meine eigenen Probleme verbarg. Ich machte mir Sorgen, dass sie entdecken würde, wie beschädigt ich war – nicht auf körperliche Art – sondern mein Geist war von dem beeinträchtigt, was ich in der Armee gesehen und getan hatte. Wenn sie herausfand, dass ich Albträume hatte – was nur passieren würde, wenn wir verheiratet waren und ich sie in meinem Bett hatte – würde sie wahrscheinlich in die nächste Postkutsche steigen, die die Stadt verließ. Es gab keine Möglichkeit, die Albträume zu unterbinden. Sie kamen ungebeten und sorgten für lange Nächte. Auch wenn ich ehrenhaft entlassen worden war, zweifelte ich nicht daran, dass sie mich jederzeit zurück in den Dienst beordern könnten. Scharfschützen waren im Westen selten und konnten ein Ziel aus dem Weg räumen, ohne einen offenen Krieg zu verursachen. Ich hoffte nur, dass sie mich nicht zurückhaben wollten.

Ich sollte sie einfach gehen lassen, ihr erlauben, einen Mann zu finden, der nicht zerbrochen war, bei dem nicht die Möglichkeit bestand, dass er sie verlassen musste, wenn er zurück in den Dienst gezwungen wurde. Eingezogen für das größere Wohl. Sie brauchte jemanden, der nicht die Schrecken eines Krieges gesehen hatte, der vom weißen, von Habgier angetriebenen, Mann angezettelt worden war, aber ich konnte nicht. Ich konnte mich nicht von ihr abwenden. Ich konnte nicht zulassen, dass ein anderer Mann sie bekam, sie berührte, sie fickte. Sie für sich beanspruchte.

„Denkst du, Miss Trudy und Miss Esther werden mich erschießen, wenn ich mein Interesse offensiver verfolge?", fragte ich.

Er verschränkte die Arme vor der Brust. „Wirst du etwas tun, was *mich* dazu zwingt, dich zu erschießen? Sie ist jetzt auch meine Schwester, weißt du."

Ich hielt meine Hand hoch. „Du magst zwar ihr Schwager sein und ich weiß deine beschützende Haltung zu schätzen, aber du musst meine Ehre nicht infrage stellen, wenn es um Hyacinth geht. Wenn ich *irgendeine* Frau wollte, würde ich ins Bordell in der Stadt gehen. Ich will Hyacinth."

Chance schlug mir auf den Rücken. „Du hast meine Unterstützung und sobald Miss Trudy und Miss Esther sehen, was du vorhast, wirst du auch ihre haben."

„Danke", sagte ich, meine Mission war nun klar.

„Viel Glück. Du wirst es brauchen."

3

Hyacinth

Dieser verflixte Mann! Er füllte jeden meiner wachen Gedanken und jetzt belästigte er mich auch noch im Schlaf. Ich schlurfte durch die Küche und deckte den Tisch für das Frühstück ein, als wäre ein Stein an meinen Knöchel gebunden.

„Was ist heute Morgen mit dir los?", erkundigte sich Iris, nahm mir die Teller aus den Händen und bewegte sich in flottem Tempo.

Meine Bewegungen waren bis dahin größtenteils unbemerkt geblieben, bis Iris es angesprochen hatte. Miss Trudy wandte sich mir mit einem Stirnrunzeln zu und fragte sich wahrscheinlich, ob ich krank war. Ich klebte mir mein übliches Lächeln ins Gesicht und antwortete auf Lilys Frage: „Ich habe letzte Nacht nicht gut geschlafen."

„Hyacinth, auf der Veranda wartet ein Besucher für dich", rief Miss Esther. Alle hielten in ihren Aufgaben inne und sahen zu mir. Lily und Marigold neigten ihre Köpfe, um aus dem hinteren Fenster zu spähen. „Es ist Jackson", flüsterten sie einander zu, dann fingen sie an zu kichern.

Jackson. Ich war dankbar, dass mir Iris die Teller aus den Händen genommen hatte, da diese zu zittern begannen. Ich verschränkte sie vor mir und ging ruhig – zumindest äußerlich – zur Hintertür und hinaus auf die Veranda. Dort wartete Jackson geduldig mit dem Hut in der Hand.

„Guten Morgen", begrüßte ich ihn.

Er nickte mit dem Kopf und ergriff dann meinen Ellbogen. „Sollen wir uns vom Haus entfernen?" Auch wenn er es als Frage formuliert hatte, wartete er nicht auf eine Antwort von mir. Er hatte mich die Stufen hinab und raus ins Gras gezogen, bevor ich eine Möglichkeit hatte, etwas zu erwidern. Als ich über meine Schulter blickte, sah ich, dass Lily und Marigold immer noch am Fenster standen und Iris' Kopf tauchte immer wieder auf, als würde sie auf und ab springen, um einen Blick auf uns zu erhaschen. Ich war dankbar, dass Jackson die Dynamik meiner Familie verstand und sich dazu entschieden hatte, mir das, was auch immer er mir zu sagen hatte, mit Abstand zu meinen neugierigen Schwestern mitzuteilen. Jackson hielt auf halbem Weg zum Stall an, sodass wir weiterhin für alle sichtbar waren, seine Hand lag nach wie vor auf meinem Ellbogen.

„Ich weiß nicht, warum du *nicht* heiraten *kannst*, aber du wirst es mir erzählen."

Er startete das Gespräch nicht mit höflichem Geplänkel, sondern mit dem, was ihm durch den Kopf ging.

„Jackson – "

„Ich erwarte nicht, dass du das heute tust, aber eines Tages. In der Zwischenzeit werde ich dir den Hof machen, Hyacinth. Ich werde ein Nein nicht akzeptieren."

Schmetterlinge flatterten in meinem Bauch und ich fühlte mich ganz verloren. Er überwältigte mich auf so viele Arten.

Körperlich, das war offensichtlich. Ich musste meine Hand über meine Augen halten, während ich zu ihm hochsah, um mich von der Sonne abzuschirmen. Diese Bewegung veranlasste ihn dazu, mich herum zu drehen, sodass die Sonne ihm ins Gesicht schien, nicht mir.

„Du verdienst etwas Besseres." Das war alles, was mir einfiel, da er ein Nein nicht zu akzeptieren schien.

„Ich werde selbst entscheiden, was ich verdiene." Seine Stimme war scharf und ein Hauch von Verärgerung schwang darin mit.

„Aber – "

Er schüttelte den Kopf. „Nein. Du wirst nie wieder auf solch herabwürdigende Art von dir selbst sprechen, da ich es nicht erlauben werde."

„Aber – ", protestierte ich wieder, aber er unterbrach mich.

„Wenn du das tust, werde ich dich übers Knie legen."

Mein Mund klappte auf und mir fehlten die Worte. „Du… du würdest mir den Hintern versohlen?"

„Weil du so schlecht von dir denkst? Absolut."

„Jackson, wirklich, ich bin nicht – "

Eine seiner Augenbrauen hob sich. „Willst du diesen Satz wirklich beenden und mich testen?"

Ich biss auf meine Unterlippe. Ich konnte mir vorstellen, dass er nur allzu mühelos seiner Drohung Taten folgen lassen würde.

„Um unser Werben zu beginnen, wirst du mich hier an dieser Stelle zweimal täglich treffen. Um sieben Uhr morgens und um sieben Uhr abends. Auch wenn uns mehr Anstandsdamen beobachten, als nötig sind, sind sie zu weit weg, als dass du dir Sorgen darum machen müsstest, dass unser Gespräch belauscht wird. Um deine Tugend musst du dir ebenfalls keine Sorgen machen."

Mein Herz schmolz in diesem Moment ein wenig für ihn. „Ich habe keine Angst vor dir, Jackson."

„Gut", entgegnete er und stemmte seine Hände in die Hüften. Er musste sich gerade erst rasiert haben, da seine Haare feucht waren und ihn der saubere Duft von Seife umgab. „Erinnere dich daran. Dir den Hof zu machen, bedeutet, dass ich beabsichtige, dich zu heiraten, Hyacinth. Ich werde nicht mit dir schäkern, aber ich werde dich langsam daran gewöhnen, wie es sein wird, meine Ehefrau zu sein."

Ich wollte ein jedes seiner Wörter umarmen, mich ihnen mit den femininen Gefühlen der Freude und des Eifers hingeben, weil ein Mann – dieser Mann – mich genug wollte, um mich zu heiraten. Das war etwas, an das ich mich klammern konnte, obwohl ich seinen Antrag ablehnen musste. „Gestern habe ich dir gesagt, dass ich dich nicht heiraten kann und das hat sich nicht geändert."

„Ich erinnere mich sehr gut daran. Ich erinnere mich auch daran, dass du Elizabeth Seabury mit mir verkuppeln wolltest. Wenn ich auch nur den Hauch eines Interesses an dieser Frau hätte, glaubst du, ich würde dann dir den Hof machen?"

Sein Tonfall war düster und mir wurde bewusst, dass ich seine Ehre infrage gestellt hatte.

„Es gibt da eine Sache, Liebling", fuhr er fort.

Mir stockte der Atem bei der Verwendung des Kosenamens.

„Es gibt einen großen Unterschied zwischen *kann nicht* heiraten und *wird nicht*. Nun denn, ich werde dich heute Abend um sieben Uhr mit deinen ersten Anweisungen hier erwarten."

„Anweisungen?"

„Wenn ich dich bitten würde, mich auf einen Ritt und ein Picknick zu begleiten, würdest du mir einen Korb geben?"

Ich nickte. „Das würde ich."

„Dann werde ich dich eben so umwerben. Wir werden hier schnell miteinander vertraut werden." Er deutete auf den Boden zwischen uns. „Bis heute Abend um sieben." Er drückte meinen Ellbogen kurz, bevor er sich auf der Ferse umdrehte und mich verwirrt, neugierig und besorgt allein ließ.

* * *

„Hast du auch nur den Hauch einer Ahnung, wie es war, heute Morgen zum Frühstück zurückzukehren?", fragte ich Jackson und wartete nicht einmal darauf, dass er Hallo zu mir sagte. Die Sonne ging über den Bergen in der Ferne unter, als ich mich um sieben mit ihm traf, wie er es verlangt hatte.

Er stand aufrecht da und warf einen langen Schatten auf das Gras, während er beobachtete, wie ich näher kam. Als ich vor ihm stoppte, setzte er seinen Hut ab. Seine Haare waren feucht. Anscheinend hatte er gebadet, bevor er sich mit mir traf.

„Du siehst heute Abend sehr hübsch aus, Hyacinth."

Ich errötete bei seinen Worten und sah weg, da ich an Komplimente nicht gewöhnt war, insbesondere nicht von einem Mann. „Du kannst nicht einfach das Thema wechseln", entgegnete ich in dem Versuch, mich an meinen Frust zu klammern, aber das war schwierig, wenn er so höflich war.

Er grinste. *Grinste!* „Na schön. Ich werde es später noch einmal sagen. Was hast du deiner Familie bei deiner Rückkehr zum Frühstück erzählt?"

Ich verschränkte die Arme vor der Brust, da ich ziemlich schlechte Laune hatte. Außer dass ich müde war, hatte ich auch noch schweigen müssen, während mich meine Schwestern nicht nur während des Frühstücks, sondern den gesamten Tag über mit Fragen gelöchert hatten.

Was will er?
Hat er dich geküsst?
Hat er dir gesagt, dass er dich küssen will?
Hast du ihn verärgert?
Du sollst mit ihm flirten, Hyacinth, und ihm keinen Knopf an sein Hemd nähen.
Hat er sich nach mir erkundigt?

Ich hatte kein Interesse daran, von Iris oder Marigold oder Dahlia – die so viel schnatterten wie Gänse – in ein Gespräch über diesen Mann verwickelt zu werden, da sie nie verstehen würden, warum ich die Aufmerksamkeiten eines Mannes nicht erwidern konnte. Sie würden sagen, ich sei verrückt und dass ich verschwenderisch mit den Aufmerksamkeiten eines wirklich guten Mannes umginge. Vielleicht stimmte das auch.

Als ich versucht hatte, nach dem Spülen des Dinnergeschirrs aus dem Haus zu schleichen, um ihn zu treffen, hatte das Theater wieder begonnen. Ich war dankbar, dass Miss Trudy sich für mich eingesetzt hatte und der Befragung durch die Zuweisung von Aufgaben, die erledigt werden mussten, ein Ende gesetzt hatte. Ich erkannte jetzt, dass unser Treffpunkt weise gewählt worden war, da all meine neugierigen Schwestern so viel schauen konnten, wie sie wollten, aber nichts ausmachen konnten, da wir lediglich dastanden und redeten – zumindest bis jetzt.

Ich bezweifelte stark, dass Jackson vorhatte, hier draußen im Freien über mich herzufallen. Ich hatte gesagt, dass ich keine Angst vor ihm hätte und das stimmte auch, bis zu einem gewissen Maß. Ich glaubte nicht, dass er unehrenhaft war, ganz im Gegenteil. Ich *hatte* Angst vor seinen Anweisungen. Ich hatte den ganzen Tag lang über dieses Wort gegrübelt. Diese Neugier und das Wissen, dass er zur Tür kommen und mich hinaus zu unserem Treffpunkt tragen würde, wenn ich nicht auftauchte, hatten mich dazu veranlasst, mich mit ihm zu treffen.

„Nichts", sagte ich schmollend. „Ich habe ihnen nichts erzählt."

Er legte seinen Kopf zur Seite, als ob er mich besser betrachten wolle. „Oh? Warum?"

„Worüber wir sprechen, geht sie nichts an."

„Das stimmt, Liebling. Worüber wir sprechen, was wir miteinander tun, ist allein für uns bestimmt. Ich weiß, du bist daran gewöhnt, teilen zu müssen, aber du musst mit niemandem teilen, was zwischen uns ist. Ich werde es dir nicht erlauben."

Ich sah durch meine Wimpern zu ihm hoch, da ich versuchte, ihn nicht direkt anzuschauen. Es fühlte sich gut – nein, besonders – an, zu wissen, dass wir etwas hatten, das nur uns gehörte. Es waren nur Worte, aber ich spürte die Verbindung, da es etwas war, das ich noch nie zuvor gehabt hatte. Hier mit Jackson zu stehen, war etwas, das nur mir gehörte, nicht mir *und* meinen sechs Schwestern. Mir gefiel es, zu wissen, dass ganz egal, wie sehr mich die anderen nach Details bedrängten, diese Zeit mit Jackson nur uns gehörte.

„Du erlaubst mir nicht einmal den Versuch, dich ordnungsgemäß zu umwerben. Denn würde ich das tun, würdest du mir Miss Seabury auf den Hals hetzen, also werden wir ein wenig anders vorgehen. Hast du einen Spiegel in deinem Haus?"

Ich runzelte die Stirn. „Einen Spiegel?"

Er nickte. „Einen Ankleidespiegel."

„Im Bad. Er ist nicht ganz so groß, aber groß genug."

„Gut. Ich möchte, dass du heute Abend all deine Kleider ausziehst und dich vor den Spiegel stellst."

Meine Augen weiteten sich. „Wie bitte?"

„Ich will dich nackt vor einem Spiegel, Liebling."

„Warum?", fragte ich und trat einen Schritt zurück. Er hatte noch nie zuvor auf diese Weise mit mir gesprochen.

Er streckte seine Hand aus und nahm meine Hand in seine, sodass ich die Wärme und die Schwielen, die seine Haut rau machten, spürte. „Weil du wunderschön bist und ich will, dass du das siehst. Ich wette, du schaust deinen Körper nicht einmal an, oder?"

Meine Wangen röteten sich bei diesem Gesprächsthema.

„Oder?", wiederholte er. Er würde nicht erlauben, dass ich mich versteckte. Bei all meinen lauten, neugierigen Schwestern gelang mir das mühelos, selbst wenn ich direkt vor ihnen stand.

Ich konnte nicht antworten, da sich das Gespräch in eine Richtung entwickelt hatte, die mir unangenehm war und über die ich absolut keine Kenntnisse hatte. Also schwieg ich und schüttelte lediglich meinen Kopf.

Er beugte sich an der Taille nach vorne, sodass er sich mit mir auf Augenhöhe befand, um sicherzustellen, dass ich ihn auch ansah „Wenn ich dich morgen früh sehe, wirst du mir die genaue Farbe deiner Nippel mitteilen."

Mein Mund klappte auf und meine Nippel richteten sich allein bei der Vorstellung auf. Sie hatten das noch nie zuvor getan und das Gefühl war so schockierend und verboten wie seine Worte.

„Über so etwas sollten wir nicht reden", rügte ich ihn.

„Doch, das sollten wir, da ich ab jetzt direkt und offen über deinen und meinen Körper sprechen werde", entgegnete er. „Morgen um sieben, Liebling. Ich werde die ganze Nacht lang, über die Farbe rätseln."

Er hob meine Hand zu seinem Mund, streifte meine Fingerknöchel federleicht mit seinen Lippen und ließ sie dann los. Er trat zurück, zwinkerte mir zu, dann drehte er sich um und ließ mich allein. Wieder.

Wie konnte ich jetzt zurück ins Haus gehen? Meine

Familie würde sicherlich wissen, worüber wir gesprochen hatten, auch wenn das unmöglich war. Könnten sie die Worte auf meinem Gesicht ablesen? Konnten sie erkennen, dass meine Nippel unter meinem Korsett hart waren? Würden sie wissen, dass ich gleichermaßen von seinen Worten angewidert und fasziniert war? Irgendetwas musste mit mir nicht stimmen und das machte mir Angst. *Jackson* machte mir Angst.

Ich konnte hier nicht länger herumstehen, also ging ich nach drinnen. Als mich die anderen einkreisten, um mich zu befragen, ertrug ich den Lärm, das Sticheln nicht. Es war überwältigend, der Lärm, die Gefühle und Gedanken, die Jackson in mir weckte – es war zu viel. Alles, was ich tun konnte, war, zu rufen „Lasst mich in Ruhe!", während ich die Treppe hochrannte und alle anderen hinter mir zurückließ.

Die Tatsache, dass ich keine Antwort hörte, verriet mir, wie überrascht sie von meinem Ausbruch waren. Ich war selbst überrascht, weil ich nicht in mein Zimmer ging, sondern stattdessen ins Bad, wo ich die Tür hinter mir zuschlug und mich umdrehte, um mich vor den Spiegel zu stellen. Nach einigen Augenblicken des Nachdenkens begann ich, die Knöpfe meines Kleides zu öffnen.

4

JACKSON

Ich machte mir Sorgen, dass ich Hyacinth zu stark unter Druck gesetzt hatte, aber wenn irgendjemand einen kleinen Schubs in die richtige Richtung brauchte, dann war es sie. Rose war zwar widerborstig und starrsinnig gewesen, was es Chance erschwert hatte, sie zu zähmen. Aber wenn eine Frau ruhig und zartbesaitet war, sowie jeglicher Konfrontation aus dem Weg ging, war eine Zähmung fast unmöglich. Ich könnte sie über meine Schulter werfen, zur Kirche tragen und heiraten, aber dann würde es nicht geschehen, weil sie es wirklich wollte. Stattdessen würde es passieren, weil sie Angst hätte, sie würde meine Gefühle verletzen oder zugeben müssen, dass sie selbst welche für mich hegte.

Und daher hatte ich sie geradezu herausgefordert, am Morgen zurückzukehren, dieses Mal, um mir die Farbe ihrer Nippel zu verraten. Ich sehnte mich nach der Antwort. Zur

Hölle, mein Schwanz war sich nicht sicher, ob er dieses alternative Modell des Werbens ertragen könnte. Meinem Schwanz gefiel die „wirf die Frau über die Schulter"-Idee viel besser. Hyacinth unter mich zu ziehen, *würde* passieren. Es würde nur ein wenig Zeit in Anspruch nehmen. Allein der Gedanke, dass sie sich entkleidete und vor einen Spiegel stellte, hatte meine Albträume ferngehalten. Wenn sie sich nicht, wie verlangt, mit mir treffen würde, dann würde ich die Tatsache in Erwägung ziehen müssen, dass sie vielleicht wirklich nicht daran interessiert war –

Der Klang ihrer Schritte – schwer vielleicht von Widerwillen – auf der hinteren Treppe riss mich aus meinen Gedanken. Sie trug ein hellblaues Kleid, das ihre Haut wirken ließ, als wäre sie aus Porzellan gemacht, aber die intensive Färbung ihrer Wangen verriet ihre Nervosität.

„Guten Morgen", begrüßte sie mich steif, als sie vor mir anhielt. Sie verschränkte ihre Hände ineinander und hielt sie vor ihren Bauch.

Ich nahm meinen Hut ab und fuhr mit einer Hand durch meine Haare, strich sie nach hinten, damit sie mir nicht in die Stirn fielen. „Du bist wunderschön, Hyacinth."

Ich würde diese Worte immer wieder sagen, bis sie mir glaubte, ganz egal wie lange es dauern würde. Sie sah mir nicht in die Augen, aber sie sah auch nicht weg. „Das Wetter ist schön", erwiderte sie. Ich grinste, da sie sich immer diplomatisch verhielt und Zeit schindete.

„Das ist es wirklich. Ich werde meinen Tag damit zubringen, Rinder zu brandmarken und über deine Antwort auf meine Bitte von letzter Nacht nachzudenken."

Sie schaute mit ausdruckslosem Gesicht zu mir hoch. Sie ließ die einfache Aufgabe so grässlich erscheinen, als hätte ich sie gebeten, eine ihrer Schwestern mit einem Suppenlöffel zu töten. „Ich muss gehen. Miss Trudy möchte, dass ich das Silberbesteck poliere."

Auch wenn Hyacinth nicht dafür bekannt war, zu lügen, glaubte ich nicht, dass sie die ganze Wahrheit erzählte.

„Wann genau hat dich Miss Trudy gebeten, das Silberbesteck zu polieren?" Ihr Mund klappte bei meiner Frage auf, da ich sie damit mit Sicherheit ertappt hatte. „Letzten Winter?", fügte ich hinzu, als sie nicht antwortete.

„Ich kann dir nicht sagen", sie beugte sich zu mir und der Duft von Flieder wehte mir in die Nase, „was du von mir verlangst."

Ich sprach leise, wodurch ich sie dazu zwang, nah bei mir zu bleiben. Aus dieser Nähe konnte ich die Sommersprossen auf ihrer Nase sehen. „Warum nicht?"

„Es ziemt sich nicht." Sie sprach nicht länger über das Polieren von Silber.

Ich konnte nicht anders, als sie zu berühren, die Weichheit ihrer Haut zu fühlen, weshalb ich mit meinen Knöcheln über ihre Wange streichelte. „Nicht zwischen dir und mir."

„Jackson", schimpfte sie, aber neigte ihre Wange in meine Hand.

Ich beobachtete, wie ihre Haut bei dem Kontakt rot wurde. „Welche Farbe, Liebling?"

Sie schüttelte den Kopf.

„Welche Farbe?", wiederholte ich drängend.

„Hellrosa!", schrie sie, dann bedeckte sie schnell ihren Mund mit den Fingern, als ob sie sich selbst überrascht hätte.

Meine Augen weiteten sich mehr wegen ihres Ausbruchs als wegen der Antwort an sich.

„Braves Mädchen, Hyacinth." Ich streichelte wieder ihre Wange. „Ich bin sehr stolz auf dich."

Eine Träne tropfte aus ihrem Augenwinkel und sie schluckte. „Warum? Warum würdest du so etwas überhaupt denken?"

„Weil du etwas Gewagtes getan hast, etwas, das nur für

mich war. Und ich bin sogar noch stolzer, dass du deine Stimme erhoben hast."

Sie wischte die Tränen weg. "Dir hat es *gefallen*, dass ich meine Stimme erhoben habe?"

"Du schreist *nie*, Liebling. Also ist es gut zu sehen, dass du echte Emotionen hast."

"Du glaubst, dass ich nichts *empfinde*?"

Ihr Duft, sanft und süß und so blumig wie ihr Name, schwebte in der Luft. Das war genug, dass ich hart wurde, selbst der leichteste Hauch reichte dazu aus. Natürlich hatte mich allein das Rätseln über ihre Nippelfarbe in der vergangenen Nacht dazu veranlasst, meinen Schwanz in die Hand zu nehmen, aber jetzt? Jetzt da ich wusste, dass sie hellrosa waren, würde ich irgendwie mit einem Ständer ein Pferd reiten müssen.

"Ich denke, dass du Gefühle empfindest, aber ich denke nicht, dass du sie jemals jemandem gezeigt hast. Ich mag es, dass du mir deine Wut gezeigt hast. Du sollst mir alles zeigen und mitteilen."

Sie sah von dieser Vorstellung nicht beruhigt, sondern misstrauisch aus. Es gab einen Grund, warum sie so reserviert war. Ich hatte gerade bewiesen, dass es nicht zu hundert Prozent ihrer wahren Natur entsprach. Es war an der Zeit, sie ein weiteres Mal an ihre Grenzen zu bringen.

"Lass dir eins sagen – mein Schwanz wird den ganzen Tag über hart sein, weil ich an deine perfekten Brüste denken werde. Was dich betrifft, so geh zurück zum Spiegel, Liebling. Leg wieder all deine Kleider ab."

"Ich kann doch nicht am helllichten Tag nackt sein!"

Ich legte meine Hand auf ihre Schulter. Ich spürte ihre Hitze, ihre zarten Knochen unter meinen Fingern. "Doch, das kannst du. Zieh all deine Kleider aus", wiederholte ich. "Betrachte deinen Körper im Spiegel und dieses Mal berühr dich selbst, überall, bis deine Pussy schön feucht ist. Heute

Abend um sieben wirst du mir berichten, was du getan hast, damit das passiert ist."

„Ich…ich weiß nicht, was du meinst", entgegnete sie, aber nach der Röte ihrer Wangen zu urteilen, ging ich vom Gegenteil aus.

„Ich will wissen, was dich erregt. Tu, worum ich dich bitte, Hyacinth, und ich sehe dich wieder um sieben." Ich ließ meine Hand sinken und ließ sie mit geöffnetem Mund stehen. Sie war überrascht von meinem plötzlichen Abgang, der ihr keine Zeit gab, mit mir zu streiten. Ich würde mir diese vollen Lippen weit gedehnt um meinen Schwanz vorstellen. Es würde ein langer Tag werden.

* * *

„Was machst du nur mit der armen Hyacinth?"

Ich drehte mich beim Klang der Stimme meines Vaters um. Er trat gerade mit der Mistgabel in der Hand aus einer der Boxen. Der Stall war kühl und spärlich beleuchtet, der Geruch nach Stroh und Pferd hing schwer in der Morgenluft.

Meine einzige Antwort war eine hochgezogene Augenbraue.

„Du bist seit zwei Monaten hier und schwärmst für das Mädchen, seit du sie zum ersten Mal gesehen hast."

Jeder kannte meinen Vater als Big Ed. Er war groß, aber ich war größer. Nachdem ich die Armee verlassen hatte, war klar gewesen, dass ich mich ihm hier auf der Lenox Ranch anschließen würde. Ich hatte in meinem Leben genug Abenteuer erlebt – gute und schlechte – und ich wollte mich niederlassen. Ich hatte gehofft, dass ich eine Frau finden würde, die sowohl mein Bett als auch mein Herz wärmen würde. Ich hatte nur nicht erwartet, dass es so schnell geschehen würde.

„Sie ist die Eine, Dad. Das steht außer Frage."

„Du bringst sie zum Erröten und machst sie um Worte verlegen und verdrehst ihr völlig den Kopf."

„Sie braucht es, dass ihr der Kopf ein wenig verdreht wird", konterte ich.

Er musterte mich eindringlich. „Verdammt richtig. Du denkst, du bist derjenige, der das tun sollte?"

„Verdammt richtig."

Seine Augen verzogen sich zu Schlitzen. „Du machst dir keine Sorgen?"

Ich wusste, worauf er damit anspielte. Meine Albträume hatten ihn, seit ich auf die Ranch gekommen war, ein oder zweimal aufgeweckt. „Sie sollte einen Mann finden, der nicht in kaltem Schweiß gebadet aufwacht, weil er die Vergangenheit wieder erlebt hat, aber ich werde unter keinen Umständen zulassen, dass irgendjemand anderes, sie bekommt. Sie ist die Meine, Dad."

„Vielleicht könnt ihr euch gegenseitig helfen." Seine Worte waren hoffnungsvoll, weshalb ich ihn nicht entmutigen wollte, auch wenn ich nicht ganz so hoffnungsvoll war.

„Vielleicht", antwortete ich.

„Gut. Dann mach weiter so." Er drehte sich auf der Ferse um und ging zurück in die Box.

„Dad?", rief ich.

Er streckte seinen Kopf aus der geöffneten Tür.

„Was, wenn ich zu hart mit ihr bin?", fragte ich. „Ich will sie nicht verschrecken."

Er trat mit seinen üblichen langen Schritten aus der Box und kam zu mir, schlug mir auf den Arm. „Du wirst den Unterschied erkennen. Zur Hölle, du wirst die Frau schließlich nicht schlagen."

Die Vorstellung, dass jemand seine Hand gegen Hyacinth erheben könnte, ließ mich das Kiefer fest zusammenpressen.

„Sie möchte aus ihrer kleinen, sicheren Welt hinaustreten,

aber wird es nicht tun, ohne dass sie jemand führt", sagte er. „Schau dir Rose an. Sie wollte ihre eigene Ranch haben, aber brauchte Chance, der ihr zeigte, dass sie diesen Traum mit ihm leben wollte. Sie hatte das insgeheim schon immer so gewollt. Sie wusste, was sie wollte und sie *trat* aus ihrer sicheren Welt hinaus. Was Hyacinth betrifft, so hast du diese Aufgabe übernommen. Daher musst du sie dazu drängen, über ihre Ängste hinaus zu gehen, und ihr unterdessen versichern, dass du für sie da sein wirst, dass du sie beschützen wirst, sie auffangen wirst, falls sie fällt.

Der Grund, warum Rose so aufblüht, ist, dass Chance ihr erlaubt, ihre Flügel auszubreiten, aber gleichzeitig dafür sorgt, dass sie sich nicht ihren verflixten Hals bricht." Er rieb sich mit einer Hand über das Gesicht. „Ich bin kein Frauenexperte, aber ich denke, dass es das ist, was sie wirklich wollen: einen Mann, der da ist, um sie aufzufangen, wenn sie fallen."

Mein Vater mochte sich vielleicht nicht als Frauenexperte sehen, aber mir wurde in diesem Moment bewusst, dass seine stabile Ehe mit meiner Mutter etwas anderes bewies.

Ich dachte an seine Worte, während ich mich an meine Arbeit machte. War Hyacinth eingesperrt und schrie stumm um Hilfe, damit sie entkommen konnte? Frauen hatten nicht die gleichen Freiheiten wie Männer – sie konnte nicht einfach auf ein Abenteuer gehen, wenn sie davon träumte, nicht ohne Begleitung. Es gab nur wenige Jobmöglichkeiten und sie passten nicht zu Hyacinths Charakter. Sie wollte garantiert keine Hosen tragen und eine Ranch leiten, wie es Rose tat. Sie würde vielleicht eine gute Lehrerin abgeben, aber sie hatte genug Geschwister, um dieses Verlangen auf ein Minimum zu reduzieren. Bis sie heiratete, würde sie auf der Lenox Ranch bleiben und still dasitzen, während ihre Familie sie überwältigte und erstickte. Sie war verloren in dem Tohuwabohu.

Wollte sie ein Abenteuer? Was *waren* ihre Träume? Ich wusste es nicht, aber ich würde es herausfinden. Ich wollte sie freisetzen, aber um das tun zu können, musste sie es selbst *wollen*. Ich meinte damit nicht nur im Leben allgemein, sondern auch im Schlafzimmer. Hyacinth war eine leidenschaftliche Frau. Sie verbarg es sehr gut, aber ich wusste, dass es stimmte. Ich musste die starke Lust in ihr erwecken, damit ich, wenn wir erst einmal verheiratet waren, auch ihren Körper freisetzen konnte. Wenn wir vögelten, würde nichts zurückgehalten werden. Ich würde ihr alles zeigen, das zwischen einem Mann und einer Frau sein konnte und dann noch mehr. Ich musste nur hoffen, dass meine Eier in der Zwischenzeit nicht schmerzen und abfallen würden.

5

Hyacinth

Meine Hände wanderten über meinen Körper; über die Kurve meiner Hüften, die leichte Kurve meines Bauches und zu meinem Rücken, sodass meine Finger die leichten Dellen über meinem Hintern spüren konnten. Ich wandte meinen Rücken dem Spiegel zu und blickte über meine Schulter. Sie sahen aus wie Grübchen. Meine Beine waren lang und ich war einigermaßen wohlgeformt. Ich brauchte kein Korsett, um meinen Busen hervorzuheben, da er an sich schon groß genug war. Ich hatte mich zuvor schon nackt gesehen, wenn ich auf dem Weg zur Badewanne am Spiegel im Bad vorbeigelaufen war. Das war allerdings nur im Vorbeigehen gewesen, ich hatte noch nie zuvor angehalten und mir Zeit genommen, um mich genauer zu studieren. Ich hatte einen Leberfleck auf der Innenseite meines rechten Schenkels, ein dunkler Kontrast zu der hellen Haut dort. Die Locken, die meine Weiblichkeit verbargen, federten und waren so dunkel wie die Haare auf meinem Kopf. Ich hatte meine Haare zu einem festen Knoten hochgebunden, aber wenn sie offen wären, würden sie fast bis zu den neuentdeckten Grübchen fallen.

Ich vermied es, meine Brüste oder die Stelle zwischen meinen Schenkeln zu berühren, da man so etwas nicht machte. Ich hatte meinen Nippeln zuvor nie große Aufmerksamkeit geschenkt oder darauf geachtet, welche Farbe sie hatten oder wie sie sich in Reaktion auf Jacksons Stimme und die Worte, die er von sich gab, zusammenzogen. Sie waren empfindsam an meinem Unterhemd und fest in mein Korsett geschnürt. Sie fühlten sich in ihrem Gefängnis fast schon wund an. Als ich sie jetzt beobachtete und daran dachte, was Jackson wollte, dass ich tat, veränderten sie sich von weichen zu harten Spitzen. Ich konnte nicht anders, als meine Brüste zu umfassen, deren weiches Gewicht zu spüren und mit meinen Daumen über die schmerzenden Nippel zu streicheln. Ich spürte die Hitze der Berührung, vor allem als ich sie gedanklich gegen Jacksons Hände ersetzte, die meine Brüste umfassten. Ein Blitz puren Vergnügens schoss nach unten und zwischen meine Beine und nun schmerzte ich auch dort. Als ich die Muskeln tief im Inneren anspannte, half das kein bisschen. Tatsächlich wollte mein Körper Hände – Jacksons Hände – dort haben.

Ich sah zur Tür, vergewisserte mich, dass das Schloss herumgedreht war und lauschte aufmerksam auf Schritte im Flur oder auf der Treppe, dann kehrte ich der Tür den Rücken zu – als ob mich das verstecken würde. Ich schob meine Hand nach unten an meinem Bauchnabel vorbei und durch die Locken. Noch tiefer und ich glitt mit meinen Fingern über meine Weiblichkeit. Ich hatte mich dort zuvor beim Baden berührt, aber ich hatte es noch nie getan, während ich vor einem Spiegel stand und ohne einen Grund dafür zu haben. Die Tatsache, dass jetzt mein einziger Grund

Jacksons Forderung war, machte mich verrückt. Irgendwie und aus irgendeinem Grund wollte ich ihn zufriedenstellen.

Er hatte nichts getan, dass ich ihn fürchten müsste. Er hatte mich nicht auf unanständige Weise berührt. Dass er mir vorschrieb, dass ich es selbst im Privaten tun sollte, hätte falsch sein sollen, aber es war mir eigentlich egal. Ausnahmsweise war ich einmal die Verruchte, die Wagemutige und es fühlte sich…gut an. Aufregend. Vielleicht war das der Grund, warum ich es tat, weil es – Jackson – die erste aufregende Sache war, die seit langer Zeit, wenn überhaupt jemals, meinen Weg gekreuzt hatte. Lag das daran, weil es etwas Neues war oder an Jackson selbst?

Er hatte gesagt, er wolle wissen, was meine Pussy feucht macht. Ich hatte nicht die leiseste Ahnung, was meine Pussy war, aber jetzt da ich mit meinen Nippeln gespielt hatte, hatte ich eine ungefähre Ahnung, da meine Weiblichkeit nun nass war, die Locken dort feucht und meine Schenkel waren von Feuchtigkeit benetzt. Als ich meine Hand weiter bewegte, waren die Falten, die ich berührte, geschwollen und sehr nass. Ich hob meine Finger und sie waren mit einer klaren, leicht klebrigen Flüssigkeit bedeckt.

Das musste das sein, worauf sich Jackson bezogen hatte, aber ich wusste nicht, warum das so war. Ich führte meine Hand zurück zwischen meine Schenkel und bewegte sie dort, lernte meine Kurven und Senken und geheimen Stellen kennen. Es gab eine Stelle, die mich aufkeuchen ließ, da mich ein weißer heißer Luststrahl durchschoss und meine Knie fast nachgaben, als ich mit meinen Fingerspitzen dagegen stieß. Ich spürte, wie die Feuchtigkeit aus mir tropfte, also führte ich meine Finger dorthin zurück, fand die Quelle und tauchte einen Finger hinein.

Ein Keuchen entwich meinen Lippen und ich bewegte meinen Finger zwischen der kleinen Perle und dem Inneren hin und her. Das Zimmer wurde ziemlich warm und ich spürte, dass mir die Haare an den Schläfen klebten, aber es war mir egal. Als ich hörte, dass unten eine Tür zuschlug, erschrak ich und sah auf, wodurch ich mein Spiegelbild entdeckte. Ich war absolut verrucht, meine Hand rieb und streichelte das Fleisch zwischen meinen Schenkeln, das ein Vergnügen hervorgerufen hatte, von dessen Existenz ich nie gewusst hatte. Meine Wangen waren gerötet, meine Stirn feucht, meine Augen übermäßig hell. Als mir bewusstwurde, was ich da eigentlich tat, zog ich meine Hand zurück und stellte mich aufrecht hin, schnappte mir die Kleider vom Boden und kleidete mich hastig an.

Was hatte ich da nur getan? Ich sollte ein solches Vergnügen nicht fühlen.

Ich rügte mein lächerlich lüsternes Verhalten und mich selbst schweigend, da ich *nichts* fühlen sollte. Allein mit Jackson zu reden, hatte mich dazu gebracht, irrsinnige Dinge zu tun, die sich zur gleichen Zeit aber auch unglaublich gut anfühlten. War es falsch, wenn es sich so fantastisch anfühlte? Wenn schon meine Hände diese Gefühle in mir weckten, wie würde es sich erst anfühlen, wenn es Jacksons Hände wären? Ich stöhnte allein bei der Vorstellung.

Ein Klopfen an der Tür brachte mich dazu, schnell die Knöpfe meines Kleides zu schließen.

„Eine Minute!", rief ich.

Als ich nach einem letzten prüfenden Blick in den Spiegel einigermaßen präsentabel aussah, öffnete ich die Tür. Miss Trudy stand wartend im Flur und musterte mich von Kopf bis Fuß.

„Geht es dir gut, Liebes?", fragte sie. Der Lärm der Vorbereitungen für das Abendessen drang zu uns hoch. Ich lief dunkelrot an, da sie mich dabei ertappt hatte, dass ich meinen Pflichten nicht nachkam, weil ich etwas so dekadent Falsches getan hatte.

Ich fuhr mit meiner Hand über meine Haare. „Ja, mir geht's gut."

Sie sah mich aus schmalen Augen an. „Deine Wangen sind sehr rot. Du wirst doch nicht krank werden?"

Ich schüttelte den Kopf, während ich daran dachte, warum meine Wangen so gerötet waren. „Nein, ich fühle mich gut. Es war ein warmer Tag."

„Würdest du gerne über Jackson reden?"

Bei der Erwähnung seines Namens errötete ich sogar noch mehr.

„Wir wissen alle, dass ihr euch jeden Morgen und Abend für einige Minuten seht. Er benimmt sich wie ein Gentleman."

Das war keine Frage, da sie wusste, dass er nichts unternommen hatte. Wir waren schließlich immer für alle gut sichtbar.

„Ja, natürlich."

Ihr Blick wanderte ein weiteres Mal über mich, als ob sie wüsste, was ich gerade mit mir getan hatte.

„Wir haben mit jedem von euch Mädchen darüber gesprochen, was zwischen einem Mann und einer Frau passiert, zumindest bis zu einem gewissen Grad."

Sie und Miss Esther hatten uns sehr eindrücklich geschildert, wie ein Mann Beziehungen mit einer Frau unterhielt. Als ich jünger gewesen war, hatte ich an ihren Worten gezweifelt, aber jetzt wusste ich, dass sie stimmten.

„Wovon wir euch nicht erzählt haben, waren die Gefühle, die damit einhergehen. Wenn du den richtigen Mann findest, wirst du es wissen. Dein Körper wird ihn erkennen. Er wird sich verändern."

„Verändern?"

Sie lächelte. „Nicht verändern im körperlichen Sinne, aber er wird auf seine Stimme, seine Berührung, sogar auf Gedanken an ihn reagieren."

Vielleicht konnte sie doch Gedanken lesen.

„In Ordnung, Miss Trudy." Ich wollte, dass das Gespräch endete, da mir das Thema für meinen Geschmack zu nah an der Wahrheit war. Was würde passieren, wenn sie wüsste, was ich getan hatte?

„Es ist in Ordnung, dass Jackson aufmerksam ist, Hyacinth. Es ist in Ordnung, dass er dich will und dass du dich im Gegenzug ebenfalls nach ihm verzehrst. Es ist nicht falsch."

Mein Mund klappte auf. „Das ist es nicht?"

Sie schüttelte den Kopf. „Nein, es ist natürlich. Jackson ist der Mann für dich, genauso wie es Chance für Rose ist."

„Willst du damit sagen, dass ich mit ihm ins Bett gehen sollte?", flüsterte ich und sah den Flur hinab zur Treppe, da ich Angst hatte, die anderen würden meine Worte hören.

„Wenn du ihn liebst und er dich liebt."

Diese Worte brachten mich zurück in meine Realität – meine mit Schuld gefüllte, freudlose Realität. „Nein. Ich liebe ihn nicht. Ich werde niemanden lieben."

Miss Trudys Gesicht wurde weich und nahm Züge an, die Mitleid ähnelten. „Hyacinth, denkst du, dass du nicht liebenswert bist? Dass du es nicht verdienst?"

Ich reckte mein Kinn und dachte an Jane. Jane, die das Vergnügen, das von ihrem eigenen Körper erzeugt wurde, nie kennen würde oder die Geheimnisse, die man mit einem Mann teilte.

„Ich verdiene es nicht, Miss Trudy. Falls Jackson irgendeine Form der Anziehung verspürt, so sollte er woanders suchen. Ich habe ihm erzählt, dass Elizabeth Seabury eine gute Partie wäre." Ich räusperte mich, da mich Wehmut überkam. Für ein paar Minuten hatte ich mich im Bad vergessen. „Ich bin mir sicher, dass die Maiskolben für das Abendessen enthüllst werden müssen."

Miss Trudy hielt mich glücklicherweise nicht auf, als ich in die Küche hinab ging. Ich stand abwesend über einen Korb gebeugt und enthülste Kolben um Kolben, während meine Schwestern ihren Teil zum Abendessen beitrugen. Nur wenige Treffen mit Jackson und schon ging es mir schlimmer als je zuvor. Er hatte mir einen Einblick gegeben, wie es zwischen einem Mann und einer Frau war, welche Freuden mein Körper erzeugen konnte, aber es war falsch. Es war falsch von mir, überhaupt etwas zu fühlen. Also schob ich meine Gefühle in einen Tresor, wie ich ihn in der Bank gesehen hatte, und verriegelte die Tür. Ich wusste, dass es immer schwieriger werden würde, Jackson zu widerstehen, wenn ich mich mit ihm nach dem Abendessen treffen würde, wie er es verlangt hatte.

Anstatt mich also mit ihm mitten auf dem Feld zu treffen, saß ich auf dem Boden neben meinem Schlafzimmerfenster und sah hinaus, hoffentlich verborgen vor dem Mann, der dort stand. Ich schmerzte regelrecht vor Verlangen, zu ihm hinauszugehen, aber ich konnte nicht. Jetzt war es sicherlich einfacher ihm zu widerstehen als morgen.

Als ihm klarwurde, dass ich nicht kommen würde, um mich mit ihm zu treffen, setzte er seinen Hut auf den Kopf, drehte sich um und ging zu seinem Haus. Ihn weglaufen zu sehen, verstopfte mir die Kehle mit unvergossenen Tränen und brach mir das Herz. Vielleicht würde er seine Aufmerksamkeit jetzt auf Elizabeth Seabury richten, ihr ins Ohr flüstern und sie fragen, welche Farbe *ihre* Nippel hatten. Ich lief steif zu meinem Bett, krabbelte hinein und zog mir die Decke über den Kopf. So leise wie möglich, ließ ich die Tränen fallen, bis keine mehr übrig waren. Erst dann schlief ich ein, Jacksons Gesicht füllte meine Träume.

* * *

JACKSON

. . .

Als mir klarwurde, dass sie sich nicht mit mir treffen würde, war ich wütend – nicht auf Hyacinth, sondern auf mich selbst. Während ich mit dem Rand meines Hutes spielte, ging ich davon aus, dass ich sie zu stark bedrängt hatte, genau wie ich es erwartet hatte. Anders als von meinem Vater vermutet, reagierte Hyacinth nicht auf mein forscheres Verhalten. Ich hatte sie verschreckt. Als die Sonne hinter den Bergen verschwand und ich zu meinem Haus zurückgekehrt war, erkannte ich, dass *ich* sie nicht hatte verschrecken müssen, da sie das selbst übernommen hatte. Sie hatte vor irgendetwas schreckliche Angst. Vor was, wusste ich nicht, aber ich würde es herausfinden.

Am nächsten Morgen, als ich zur Hintertür ging, sah ich sie in der übervölkerten Küche. Sie hatte dunkle Ringe unter geschwollenen Augen. Sie hatte entweder die ganze Nacht geweint oder sich in den Schlaf geweint – und es war allein meine Schuld. Miss Trudy kam zur Tür und wischte sich die Hände an ihrer Schürze ab. Der Duft nach Speck und gebratenen Kartoffeln drang aus der geöffneten Tür.

„Guten Morgen, Jackson. Ich schätze, du bist hier, um dich wegen der Wägen für den Ausflug in die Stadt zu erkundigen?"

Ich war deswegen nie zuvor zum Haus gekommen, sondern hatte einfach Pferde vor zwei Wägen gespannt, damit alle Frauen in die Kirche gehen konnten. Anscheinend hatte ich eine Verbündete bei meinem Versuch, Hyacinth den Hof zu machen, da mich Miss Trudy auch direkt hätte fragen können, ob ich hier war, um Hyacinth zu sehen. So wie sie mich am vergangenen Abend abgelehnt hatte und so elend wie sie jetzt aussah, wusste ich, dass sie sich lediglich auf der Veranda mit mir treffen würde und auch nur, weil sie höflich war.

„Ja, Ma'am." Ich entfernte meinen Hut, während ich sprach.

„Wir benötigen zwei Wägen, bitte", sagte sie, während sie eine Augenbraue hob und dann so laut sprach, dass ihre Stimme auch drinnen gehört werden konnte. „Hyacinth wird heute nicht mit in die Kirche kommen."

Ich sah an ihrer schmalen Gestalt vorbei, um einen weiteren Blick auf Hyacinth zu erhaschen. Sie faltete Servietten und wollte mir nicht in die Augen schauen.

„Vielleicht willst du dich heute Morgen neben Miss Seabury setzen?", schlug Miss Trudy vor. Während sie Hyacinth hinter sich nicht sehen konnte, sah *ich*, dass sie sich sichtbar versteifte. Sie lauschte aufmerksam, während sie eine Serviette in ihrem Griff zerquetschte. Als sie ihre Tat bemerkte, glättete sie sie auf dem Tisch, bevor sie sie wieder faltete.

„Vielleicht", erwiderte ich. Als Hyacinth hastig die Küche verließ, wusste ich, dass sie aufgebracht war. Ich schenkte Miss Trudy ein dankbares Lächeln. „Vielleicht werde ich aber auch zurückbleiben."

„Tu, was du für das Beste hältst", entgegnete sie.

Auf ihre überraschenden Worte hin weiteten sich meine Augen. Sie gab mir ihre Erlaubnis, ihre Zustimmung, Hyacinth für mich zu beanspruchen. Sie ohne Anstandsdame zu besuchen.

Ich nickte und setzte meinen Hut wieder auf den Kopf. „Ich werde die Wägen fertigmachen."

Zwei Stunden später beobachtete ich, wie die Wägen – und die Lenox Frauen – über die kleine Erhebung verschwanden, bevor ich mich umdrehte und zum Haus schaute. Irgendwo da drinnen war Hyacinth. Ich klopfte an die Hintertür, wie ich es normalerweise tat, aber erhielt keine Antwort. Ich wusste, dass sie nicht mit den anderen zur Kirche gegangen war und ich hatte nicht gesehen, dass sie das Haus verlassen hatte. Sie ignorierte mich.

Ich öffnete die Tür und betrat den ruhigen Raum der

blitzblanken Küche. Der Frühstücksgeruch hing noch in der Luft, aber sonst nichts. Nachdem ich Zeit mit den Lenox Frauen verbracht hatte, wusste ich, dass sie mühelos eine Armee-Kompanie sein könnten. Wenn sie das Kommando gehabt hätten, wären die Indianer-Verhandlungen sicherlich viel reibungsloser und mit viel weniger Toten verlaufen.

Eine Standuhr tickte in der Stube. Ich lauschte angestrengt, aber hörte kein Geräusch aus dem oberen Stockwerk. Langsam und leise wagte ich mich die Treppe hinauf. Diesen Bereich des Hauses, der nur den Frauen vorbehalten war, hatte ich noch nie zuvor betreten. Das Haus war groß, damit es eine so große Gruppe aufnehmen konnte und es schien, als wären alle Schlafzimmertüren geöffnet. Dahinter sah ich individuelle weibliche Spuren – Bänder, ein Kleid über einer Stuhllehne, eine bunte Decke, getrocknete Blumen an den Wänden. Ich lief zum Ende des Flurs und der einzigen geschlossenen Tür.

Ich hörte etwas dahinter, aber ich konnte das Geräusch nicht zuordnen. Dann hörte ich ein leises Stöhnen, als ob jemand verletzt wäre. Da nur Hyacinth im Haus war, musste ich davon ausgehen, dass sie verletzt war. Ich öffnete die Tür, ohne anzuklopfen, weil ich mir Sorgen machte. Der Türknauf schlug gegen die Wand, als ich das Zimmer betrat. Es handelte sich um das Bad und auf dem Wannenrand saß Hyacinth, den Rock an der Taille gerafft, eine Hand auf ihrer Pussy. Ihr weißes Höschen lag zu ihren Füßen auf dem Boden. Ihre Wangen waren gerötet, ihre Haut schweißnass.

Ich erfasste dieses Bild innerhalb einer Sekunde. Ich hatte Hyacinth erschreckt und sie hatte ihre Hand von ihrer Pussy entfernt – ich konnte glänzende rosa Lippen und dunkle Haare sehen – und erhob sich, wodurch ihr Rock wieder an Ort und Stelle fiel.

„Jackson!", kreischte sie.

Jetzt war sie nicht mehr vor Erregung gerötet, sondern

knallrot vor Scham, da ich sie dabei erwischt hatte, wie sie mit sich selbst spielte. Wohingegen sie schockiert war, war ich begeistert und konnte das Grinsen, das sich auf meinem Gesicht ausbreitete, nicht unterdrücken.

„Wegen mir musst du nicht aufhören. Ich hörte ein Stöhnen und machte mir Sorgen, dass du verletzt bist, aber anscheinend lag ich völlig daneben."

„Ich…es tut mir leid…du hast mich erschreckt…Jackson!"

Sie war absolut umwerfend in ihrem erschrockenen und erregten Zustand.

„Du hast unser Treffen gestern Abend verpasst. Warst du stattdessen hier drin beschäftigt?"

„Natürlich nicht", entgegnete sie mit gerecktem Kinn, als ob ich sie gefragt hätte, ob sie die letzten Rühreier gegessen hätte, und nicht, ob sie herausgefunden hätte, wie sie ihre Pussy feucht machen konnte.

„Zeig es mir, Liebling."

„Dir zeigen?" Sie versuchte, sich an mir vorbeizuschlängeln, aber es war leicht, ihr den Weg abzuschneiden. Sie würde den Raum nicht verlassen, bis wir uns einig waren – dass sie meine Frau werden würde.

„Setz dich wieder hin und zeig mir deine Pussy. Sie war schön feucht und ich will sie sehen."

„Du hast etwas gesehen?"

„Dass du einen süßen kleinen Leberfleck auf der Innenseite deines Schenkels hast?"

„Jackson!", schrie sie wieder und stampfte mit dem Fuß auf. Ich liebte es, meinen Namen von ihren Lippen zu hören, aber ich sehnte mich danach, dass es geschah, wenn ich ihr Lust bereitete.

Ich überwand die Distanz zwischen uns und nahm ihr Kinn in meine Hand, wodurch ich sie zwang, mir in die Augen zu schauen. „Zeig es mir, Hyacinth."

Sie schüttelte ihren Kopf trotz meines Griffes. „Nein, ich kann nicht."

„Das habe ich schon mal von dir gehört. Kannst nicht oder wirst nicht?"

„Werde nicht. Denn es ist nicht richtig." Sie sah zur Seite, schaute mir nicht in die Augen. Hatte sie Sorge, dass ich die Wahrheit erkennen könnte, wenn sie mir in die Augen blicken würde? „Ich kann nicht, weil ich nicht die Richtige für dich bin."

„Warum, Hyacinth? Warum?"

„Das ist nicht wichtig", schrie sie, wobei sich ihr Gesicht vor Schmerz verzog.

„Es ist nicht wichtig? Es ist *alles*." Ich ließ sie los und sie kehrte mir den Rücken zu. „Es ist das *Einzige*, das uns davon abhält, zusammen zu sein."

„Ich habe es nicht verdient!" Sie ging zum Fenster und sah hinaus. So wie das Sonnenlicht durch die Fenster schien, konnte ich die Tränen auf ihrer Wange sehen. Obwohl ich gesagt hatte, dass ich ihr beim nächsten Mal, wenn sie schlecht über sich redete, den Hintern versohlen würde, wollte ich sie jetzt am liebsten in meine Arme ziehen und sie stattdessen trösten, aber jetzt war für keines von beidem der richtige Zeitpunkt.

Ich dachte, dass sie es verdiente, mehr als verdiente. Ich war der Glückliche, dass sie überhaupt in meine Richtung sah. Ich übernahm ihre Taktik und schwieg, wartete darauf, dass sie weitererzählte.

„Ich verdiene es nicht, glücklich zu sein. Du machst mich glücklich und daher sollte ich dich nicht haben dürfen."

Ihre Worte gaben mir Hoffnung, aber der unterschwellige Schmerz weckte den Wunsch in mir, sie gleichzeitig zu würgen und fest zu umarmen. „Was hast du getan?" Ich sprach mit leiser und ruhiger Stimme.

Als sie nicht antwortete, drängte ich ein weiteres Mal.

„Hyacinth Lenox, was hast du getan?" Dieses Mal war meine Stimme tief und streng. Wenn ich derjenige sein wollte, der die Kontrolle hatte, dann musste sie das auch wissen.

Sie wandte sich mir zu. „Ich...ich habe meine Freundin Jane getötet."

Das war nicht das, was ich erwartet hatte. Vielleicht war sie ein wenig wild gewesen, als sie jünger gewesen war und hatte einer ihrer Schwestern den Zopf abgeschnitten. Ich hatte angenommen, dass das ihre schlimmste Tat wäre, aber nicht das.

„Was meinst du damit, du hast deine Freundin getötet?"

Sie verschränkte die Arme vor der Brust, um ihren Widerwillen auszudrücken und vielleicht auch zu ihrem persönlichen Schutz. „Wir waren im Bach schwimmen, bei der Badestelle, wo der Bach etwas tiefer ist."

Ich kannte die Stelle, da ich dort selbst schwimmen gegangen war.

„Weiter oben am Bach musste es ein Gewitter oder so etwas gegeben haben. Das Wetter war schön, heiß und klar. Deswegen sind wir überhaupt ins Wasser gegangen, wir wollten uns abkühlen. Während wir gespielt haben, kam plötzlich eine Menge Wasser angerauscht. Es war schmutzig und voller Äste und Baumstämme und spülte uns stromabwärts. Es kam aus dem Nichts, Jackson!"

Ich hatte zuvor schon eine Sturzflut gesehen und wie sie alles in ihrem Weg mit sich riss. Es war zerstörerisch und tödlich und wenn jemand davon überrascht wurde, wäre er dem Tode geweiht. Wie hatte Hyacinth das, was sie beschrieb, überleben können? Daraufhin ging ich zu ihr und nahm sie in meine Arme, da ich mich so lange danach gesehnt hatte. Sie passte perfekt an mich, sodass ich mein Kinn auf ihren Kopf legen konnte. Ihr Atem strich über meinen Hals. Ich konnte spüren, wie sich ihre Brüste an meine Brust schmiegten. Sie war warm und üppig und weich und…perfekt.

Nach einigen beruhigenden Atemzügen fuhr sie fort: „Wie ich bereits sagte, wurden wir stromabwärts getrieben. Ich wurde ein paarmal unter Wasser gezogen und verlor Jane aus den Augen, aber sie kämpfte wie ich gegen die Strömung an und suchte nach einem Weg, ans Ufer zu gelangen. Wir wurden um eine Kurve geschwemmt und die Strömung trieb mich direkt dagegen. Es fühlte sich an, als wäre ich gegen eine Wand geschmissen worden, die Kraft des Aufpralls drückte mir alle Luft aus den Lungen. Ich hatte Glück, weil ich mich in einem toten Baum verfing, der in das normalerweise ruhige Wasser hing. Er hielt mich fest und bewahrte mich davor, weggeschwemmt zu werden. Ich hielt meine Arme hoch neben meinen Kopf, damit mich andere Bäume und Treibgut nicht treffen konnten oder wenigstens nicht meinen Kopf. Ich wartete. Ich konnte nichts tun außer warten. Irgendwann nahm das Wasser ab und ich konnte auf den Ast klettern und über das Ufer aus dem Bach."

„Und Jane?" Ich kannte die Antwort, aber ich musste fragen.

„Ich war in den Baum gedrückt worden, während sie daran vorbeigetrieben worden war. Das letzte Mal, als ich sie sah, hatte sich ein Baumstamm gedreht und sie am Kopf getroffen. Sie ging unter. Ich weiß nicht, ob sie nochmal nach oben kam, um Luft zu schnappen, aber…aber ich sah sie nie wieder. Sie wurde eine Meile stromabwärts gefunden. Tot."

Ein Schauder schüttelte sie und ich hielt sie fest an mich. Ich hatte sie endlich in meinen Armen und ich würde sie jetzt nicht gehen lassen.

„Es war eine Sturzflut, Hyacinth. Du hast sie nicht getötet."

Sie schüttelte den Kopf an der Vorderseite meines

Hemdes. „Ich wollte ins Wasser gehen. Sie konnte nicht schwimmen, aber ich habe sie dazu überredet."

„Es war egal, ob man schwimmen konnte oder nicht. Das Wasser war dort nicht tief. Niemand könnte so etwas überleben, wenn nicht Glück oder Gott seine Hand im Spiel hat."

„Glück? Es ist Glück, dass ich überlebt habe?" Sie klang nicht, als ob sie mir glauben würde.

„Du hättest genauso leicht sterben können. Zur Hölle, ich bin wirklich überrascht, dass du nicht gestorben bist." Ich mochte diese Vorstellung kein Stück. „Du hattest *Glück*. Es gibt keine andere Erklärung."

„Und Jane?"

Ich seufzte und streichelte ihren Rücken hoch und runter. „Schlimme Dinge passieren die ganze Zeit, Liebling. Du hast dich vor der Welt verschlossen, weil du dich schuldig fühlst, dass du überlebt hast?"

Sie drückte gegen meine Brust, damit ich sie losließ, aber ich weigerte mich. „Wenn ich sie nicht dazu überredet hätte, wäre sie noch immer hier."

„Sie hätte auch von einem Pferd fallen, verdorbenes Fleisch essen, eine Lungenentzündung bekommen können. Alles Mögliche hätte sie töten können, wenn es die Flut nicht gegeben hätte. Würdest du dir die Schuld geben, wenn eines dieser Dinge sie hinweggerafft hätte?"

„Nein", antwortete sie.

Ich schob sie mit meinen Händen auf ihren Schultern zurück, zwang sie dazu, mich anzuschauen. Nicht über meine Schulter, nicht auf mein Hemd, sondern direkt in meine Augen. „Es ist nicht deine Schuld."

Sie schüttelte den Kopf.

„Es ist *nicht* deine Schuld", wiederholte ich. „Was, wenn die Plätze vertauscht wären? Was würde Jane jetzt denken, wenn sie überlebt und du stattdessen gestorben wärst? Würde sie denken, es wäre ihre Schuld gewesen?"

„Nein, natürlich nicht. Sie war die netteste und liebenswürdigste Person", fügte sie hinzu.

„Und du bist das nicht? Du bist nicht nett zu deinen Schwestern, selbst wenn sie ihre Späße mit dir treiben? Du bist nicht nett zu mir, indem du mir und meinem Vater Kaffee und Brötchen bringst, wenn wir wegen einer fohlenden Stute lange auf den Beinen waren? Du bist nicht nett zu Chance und den Damen in der Stadt und jedem, dem du begegnest?"

„Das ist nicht von Bedeutung. Es war *meine* Entscheidung."

„Heute Morgen war eines der Wagenräder locker, aber ich habe es repariert. Was passiert, wenn es bricht und der Wagen kippt auf dem Weg zur Kirche um? Deine Schwestern könnten verletzt oder unter dem Gewicht erdrückt werden. Du hast dich dafür entschieden, zurückzubleiben. Wäre es dann deine Schuld, dass du überlebt hast und sie nicht?"

Ihr Mund klappte bei meinen Worten auf. „Nein, aber…"

„Denk nach, Liebling. Würde Jane dir die Schuld für die Sturzflut geben? War das Wetter stromaufwärts deine Schuld?"

„Nein."

„Warum gibst du dir selbst dann die Schuld?"

Tränen traten ihr in den Augen, flossen dann über und strömten ihre Wangen hinab. Ich wischte sie mit meinen Daumen weg. „Du verdienst Freude, Hyacinth Lenox, und ich schwöre dir, sie dir zu bereiten."

Sie weinte an meinem Hemd und ich stand einfach nur da und hielt sie fest, streichelte ihren Rücken.

„In Ordnung", sagte sie irgendwann.

Jetzt war ich derjenige, der innehielt und sie von mir schob. Mein Herz vollführte einen Salto in meiner Brust. „Hast du gerade 'in Ordnung' gesagt?"

Sie lächelte mich zaghaft an und nickte mit dem Kopf. „Ja."

Ich packte sie und zog sie für einen Kuss an mich. Bei dem Eifer und Überraschung und Vorfreude auf unseren ersten Kuss hätte ich ihren Mund stürmisch erobern sollen, sodass unsere Zähne aneinander schlugen, meine Zunge sofort in ihren Mund eindrang, aber ich tat es nicht. Ich senkte meinen Kopf langsam und beobachtete, wie ihr Blick auf meine Lippen fiel, dann schlossen sich ihre Augen, als ich einen hauchzarten Kuss auf ihren Mund drückte. Sie keuchte bei der Berührung auf. Während ich den Moment zwar genoss und meine Zunge in ihren Mund tauchte, tat ich es trotzdem sanft, zärtlich, indem ich sie behutsam leckte und erkundete. Sie schmiegte sich an mich, ihr Körper wurde weich und entspannte sich, ihre Hände umfassten meine Bizepse. Ich hätte sie den ganzen Tag lang küssen können, aber ich konnte nicht. Noch nicht.

„Also dann, Liebling, zeig mir, was du getan hast, als ich hereinkam."

Auf meine Worte hin öffneten sich ihre Augen. „Jackson, das gehört sich nicht." Ihre Stimme war leise und heiser und sie gefiel mir äußerst gut.

„Du kannst es mir jetzt zeigen oder nachdem wir in die Stadt gegangen sind und geheiratet haben."

6

Hyacinth

Ich keuchte und schüttelte meinen Kopf. Die Tränen kehrten zurück, aber dieses Mal aus einem ganz anderen Grund. Ich war weder traurig noch fühlte ich mich schuldig oder todunglücklich. Ich war glücklich.

„Werde ich dich immer zum Weinen bringen?", fragte er, wobei seine Stimme zärtlicher klang, als ich sie jemals gehört hatte.

Ich lächelte ihn an und dann lachte ich. Das harte Glitzern in seinen Augen, die Anspannung in seinen Schultern war jetzt verschwunden. Ich hatte ihm lediglich darin zustimmen müssen, dass ich glücklich sein wollte – mit ihm – damit der echte Jackson, den ich kannte, zurückkehrte. Ich hatte ihn hart und zurückhaltend werden lassen, ihn zu einem Kämpfer gemacht, der darauf hinarbeitete, den Preis zu gewinnen. Mich.

Von dem schrecklichen Erlebnis zu erzählen, das Jane

und ich erlebt hatten, war befreiend gewesen. Im Nachhinein betrachtet, hatte ich das Ganze wirklich nur aus einer Perspektive gesehen: durch die Augen eines vierzehnjährigen Mädchens. Ich hatte diese Perspektive beibehalten, selbst als ich älter geworden war. Das, was mich Jackson zu überdenken gedrängt hatte, ergab Sinn. *Ich* hatte nichts Falsches getan. Es war eine Tragödie gewesen, die ich niemals vergessen würde, aber Jane würde nicht wollen, dass ich weiterhin durchs Leben ging, ohne es tatsächlich zu leben.

Bis zu Jacksons Erscheinen hatte ich nicht einmal gewusst, dass es mehr geben könnte. Da, erst da, war ich aufgewacht wie eine Prinzessin in einem Märchen. Die Freude, die ich darin fand, trieb mir Tränen in die Augen. Ich weinte selten oder besser gesagt, ich hatte nie geweint, bis Jackson aufgetaucht war. Anscheinend konnte er alle Emotionen, die ich all die Zeit unterdrückt hatte, zu Tage fördern. „Ich denke, ich bin fast fertig."

Er streckte seine Hand aus und zog mich ein weiteres Mal an sich. Dieses Mal beließ er seine Hände nicht auf meiner Taille, sondern bewegte sie stattdessen weiter nach unten, um meinen Hintern zu umfassen, wobei seine Finger den langen Stoff meines Rockes einen Zentimeter nach dem anderen meine Beine hochzogen.

„Was tust du da?" Meine Augen wurden immer größer, je höher der Rock nach oben rutschte. Ich spürte die kühle Luft an meinen Wanden, dann in meiner Kniekehle, dann noch weiter oben.

„Du hast dich selbst befriedigt. Ich will zuschauen."

Die Vorstellung ließ die Hitze in meiner Haut wieder aufleben, meine Nippel richteten sich ein weiteres Mal auf und ich wurde mir der zunehmenden Feuchtigkeit auf meinen Schenkeln bewusst. „Wie ich bereits sagte, das ist nicht richtig."

„Es ist nichts Falsches daran, deinen Körper kennenzulernen, Liebling, und herauszufinden, was sich gut anfühlt. Ich soll dich doch glücklich machen, oder?"

Ich runzelte die Stirn, aber nickte, da es der Wahrheit entsprach.

„Was ist falsch daran, es mir zu zeigen? Ich muss wissen, was dir gefällt, damit ich dich glücklich machen kann. Du hast mit deiner Pussy gespielt. Ich habe es geliebt, wie deine Beine weit gespreizt waren und die Röte in deinen Wangen. War dein Kitzler hart?"

Ich antwortete nicht, aber es schien ihn nicht zu stören, da er einfach weiter redete, sogar als seine Hände meinen Rock noch höher hoben. Seine Stimme war fast schon hypnotisierend, seine Worte verlockend und obwohl ich ihm solche Freiheiten nicht gewähren sollte, schien mein Körper nichts dagegen zu haben.

„Ich hab gesehen, dass deine Finger feucht waren, deine Schenkel von deiner Erregung benetzt. Du warst so feucht, dass ich es hören konnte."

Seine Hände hatten jetzt die Rückseite des Rockes an meiner Taille gerafft, sodass mein Hintern und meine Beine vollständig entblößt waren. Er führte seine Hände um mich herum zur Vorderseite und warf das lange Stoffstück über seinen Unterarm.

„Ich verfüge nicht über die Ehre, deine Pussy anfassen zu dürfen. Noch nicht. *Du* kannst und wirst es tun. Setz dich wieder auf den Wannenrand, spreiz deine Beine und zeig es mir."

Ich wollte ihn zufriedenstellen. Das wollte ich wirklich. Ich wollte mich auch wieder so gut fühlen. Ich hatte herausgefunden, wie ich mich selbst befriedigen konnte, wie mein Körper weich und biegsam wurde und ich…dort feucht wurde, wenn ich mich zwischen meinen Beinen anfasste. Genau so, wie es Jackson gesagt hatte, als wir draußen auf dem Feld gestanden hatten. Ich hatte nicht erwartet, dass die

Empfindungen, die ich durch meine Berührung erzeugte, so süchtig machen würden.

„Es hat dir gefallen, nicht wahr, Liebling? Ich konnte es auf deinem Gesicht sehen. Du hast es mehr als einmal getan, deine Pussy berührt."

Ich war erwischt und überführt worden und konnte es nicht leugnen. Mein Schlüpfer lag immerhin am Boden zu unseren Füßen. „Es hat mir gefallen. Ich hab es nie gewusst."

„Es waren meine Worte, die dich überhaupt erst dazu gebracht haben, dich selbst zu berühren."

„Ja", stimmte ich zu.

„Hast du dich selbst zum Höhepunkt gebracht?"

Ich runzelte verwirrt die Stirn. „Was meinst du?"

Da grinste er breit. „Gut, ich darf also dein erstes Vergnügen beobachten. Mach dir keine Sorgen, ich werde dir sagen, wie du es erreichst."

Meine Neugier und Interesse daran, mich wieder so gut zu fühlen, überwogen die Zweifel. Jackson würde in dieser Sache seinen Willen bekommen, da er nichts wirklich Ungehöriges getan hatte, sondern mich lediglich in Richtung meiner Lust gestupst hatte. Wir hatten Privatsphäre, waren mutterseelenallein und anstatt mich ins nächste Bett zu zerren, hatte er mich nur geküsst. Nicht mehr.

Es war dekadent, aber es war *Jackson* und aus irgendeinem Grund machte das den ganzen Unterschied. Bevor Jackson mich unterbrochen hatte, war mein Körper bereits trunken vor Lust und ich war begierig, weiterzumachen. Deswegen trat ich von ihm weg und setzte mich wieder auf den Wannenrand. Ich musste meinen Kopf nach hinten neigen, um zu ihm hochschauen zu können. Daher stellte er sich vor mich und ging in die Knie. Er ergriff den vorderen Saum meines Rocks, hob ihn wieder hoch und warf ihn so zurück, dass der Stoff sich zwar um meine Taille wand, die langen Stoffbahnen jedoch links und rechts von mir in die

Wanne fielen, wodurch der Rock oben blieb und aus dem Weg war.

„Ich liebe es dich unter deinem Rock nackt für mich vorzufinden", hauchte er. „Ich denke, du solltest nie wieder Höschen tragen."

Meine Beine klappten zusammen, aber die dunklen Locken waren trotzdem sichtbar. Jacksons Augen fixierten dieses Büschel und er legte seine Hände langsam und sehr zärtlich auf meine Knie und begann, sie wieder auseinanderzuschieben, Zentimeter für Zentimeter. Mir stockte der Atem, da ich wusste, dass meine Weiblichkeit zum ersten Mal wahrhaftig seinem Blick ausgesetzt sein würde. Es war mir peinlich, dass ich so gesehen wurde, aber vielleicht hatte mich die Zeit vor dem Spiegel auch daran gewöhnt, nackt und geöffnet zu sein. Es war jedoch der Ausdruck auf seinem Gesicht – dunkles Verlangen – der mich dazu veranlasste, meine Beine folgsam zu spreizen. *Das war Jackson.*

Ich erregte Jackson ebenfalls. Seine Wangen färbten sich rot, sein Kiefer war angespannt, seine Augen verdunkelten sich zu einem stürmischen Blau. Die Schwielen an seinen Fingern kratzten über die zarte Haut an meinen Innenschenkeln.

„Berühr dich selbst." Seine Stimme war tief und rau, fast schon heiser, während er mich intensiv musterte. Ich wusste, dass meine Lippen dort unten geschwollen und rosa und sehr, sehr feucht waren. Ich führte drei meiner Finger zusammen und streichelte mit ihnen über mein Fleisch, bis ich die harte Perle fand, die mich ausatmen und entspannen ließ. Meine Augen schlossen sich bei dieser umwerfenden Empfindung.

„Das ist dein Kitzler. Bald werde ich ihn mit meinem Mund berühren, ihn zwirbeln, daran saugen, vielleicht sogar ein bisschen daran knabbern und dich zum Höhepunkt bringen.""

Meine Augen öffneten sich bei seinen Worten abrupt. „Dein Mund?"

Er grinste selbstgefällig. „Oh, ja. Mein Mund. Führ deine Finger weiter nach unten. Zieh deine Falten auseinander und zeig mir alles."

Jetzt konnte ich ihm nichts mehr verweigern, da mir ganz warm wurde, ich sogar noch…heißer wurde, weil ich mich dort anfasste, während er zuschaute. Mein Mund öffnete sich und ich begann so flach zu atmen, als ob ich keine Luft bekäme. Nachdem ich die Lippen dort auseinandergezogen hatte, sah ich durch meine Wimpern zu ihm hoch. Ich dachte darüber nach, wie ich in seinen Augen wohl aussah. Meine Beine waren nackt und weit gespreizt. Meine Hände berührten meine Weiblichkeit, teilten und öffneten sie, sodass er jeden Zentimeter von mir sehen konnte auf eine Weise, wie ich es selbst nicht konnte. Ich musste lüstern und verrucht aussehen. Was er nur von mir denken musste! Ich begann meine Finger wegzuziehen und meine Beine zu schließen, aber er legte seine Hände auf meine Innenschenkel und hielt sie auf.

„Ich weiß, was du denkst, Hyacinth und es stimmt nicht. Du bist so wunderschön, jeder Teil von dir. Leg deine Hände wieder auf deine Pussy. Das ist es. Braves Mädchen. Diese Pussy gehört mir. Sie ist feucht, weil du mich begehrst. Du sehnst dich nach den Anweisungen, die ich dir gebe. Du willst unbedingt die Lust spüren, die allein die Gedanken an mich hervorrufen können. Hast du an mich gedacht, als du dich vorhin selbst berührt hast?"

Ich biss auf meine Lippe und nickte.

„Weißt du, wie hart du mich machst, indem du das zugibst?"

Ich schüttelte den Kopf, da ich nicht wusste, was er meinte. Er legte seine Hand nach unten auf die Vorderseite seiner Hose. „Mein Schwanz ist so hart für dich." Er entfernte seine Hand und fuhr fort: „Kannst du sehen, wie er gegen meine Hose drückt? Siehst du, wie groß er ist? Wie hart?"

Meine Augen weiteten sich, als ich die stumpfe, dicke Form entdeckte. *Das* würde in mich eindringen?

„Er bleibt in meiner Hose. Fürs Erste. Jetzt ist erst einmal Zeit für dein Vergnügen, Liebling. Spreiz deine hübschen Schamlippen noch einmal für mich. Ja, genau so. Oh, da ist dein jungfräuliches Loch. Hast du deine Finger schon mal dort reingesteckt?"

Seine blauen Augen hielten meine gefangen.

„Ja."

„Zeig es mir."

Ich bewegte meine Hand nach unten und schob einen Finger hinein, nur bis zum ersten Knöchel.

„Das ist deine Erregung. Die Feuchtigkeit, der Pussysaft? Der ist ganz für mich. Damit ich ihn mit meiner Zunge schmecken kann. Für meinen Schwanz."

Ich keuchte bei seinen Worten und wegen dem Gefühl meines Fingers in mir.

„Benutz zwei Hände. Berühr dich selbst und hör nicht auf. Tu, was sich gut anfühlt."

Ich führte meine andere Hand zwischen meine Schenkel und begann mich selbst anzufassen, strich mit den Fingerspitzen über mein feuchtes Fleisch, entdeckte, was sich gut anfühlte.

„Versuch deinen Kitzler mit einer Hand zu reiben und mit der anderen einen Finger in deine Pussy einzuführen. Genau so."

Ich konnte das Stöhnen, das meinen Lippen entkam, nicht unterdrücken, da ich noch nie zuvor zwei Hände verwendet hatte. Meine Augenlider klappten wieder zu und ich gab mich dem Gefühl und Jacksons Stimme, die mich anleitete, hin.

So wunderschön. Ich liebe es zu hören, wie feucht du bist. Meine Finger werden dich so berühren, mein Mund wird von dir kosten, mein Schwanz wird dich füllen. Du gehörst mir, Hyacinth. Dieses Vergnügen? Es wird immer größer, nicht wahr? Hab keine Angst. Lass los. Ich bin genau hier.

Vielleicht war es das Letzte, was er gesagt hatte, das die Lust so intensiv, die Empfindungen so überwältigend werden ließ, dass ich keine andere Wahl hatte, als mich ihnen zu ergeben. Es war furchteinflößend und ich hatte Angst gehabt, loszulassen, aber Jackson hatte es gewusst. Seine Hände drückten meine Schenkel und ich wusste, er war hier bei mir. Mir konnte kein Leid geschehen, wenn er bei mir war. Was auch immer geschehen würde, würde unfassbar gut sein oder Jackson würde es nicht zulassen. Aufgrund dieses Wissens, dieses Vertrauens tat ich, worum er gebeten hatte, und ließ mich fallen. Als die Empfindungen in mir explodierten, öffneten sich meine Augen und sahen in seine und ich schrie seinen Namen. „Jackson!"

Es war, als wäre ich wieder in eine Sturzflut geworfen worden, völlig außer Kontrolle; den Lustwellen, die meinen Körper überfluteten, ausgeliefert. Meine Nippel waren unter meinem Korsett zu festen Perlen zusammengezogen und sie schmerzten. Meine Pussy – Jacksons Pussy – pulsierte und kontrahierte und ich spürte, dass meine Erregung an meinem Finger vorbeifloss. Erst als meine Gedanken zurückkehrten und das Vergnügen abebbte, atmete ich wieder.

„*Das*, Liebling, war ein Höhepunkt." Er fasste an meiner Taille nach meinem Rock und zog ihn wieder nach unten zu meinen Knöcheln, wodurch er mich vollständig und sittsam bedeckte. Ich könnte mich sogar noch mehr bedecken – einen Mantel, einen Hut und Wollschal tragen – und trotzdem würden mich die unanständigen Gedanken, die sich unwiderruflich in mein Gehirn eingebrannt hatten, niemals loslassen. Ein verschmitztes Grinsen breitete sich auf meinem Gesicht aus. Ich konnte nicht anders.

„Stell dir vor, wie es sein wird, wenn ich dich mit meinen Händen berühre."

Der Gedanke entlockte meinem Körper weitere Reaktionen, mein Kitzler pulsierte und meine Nippel wurden hart.

„Wann?", fragte ich.

Jackson richtete sich zu seiner vollen Größe auf und reichte mir seine Hand. „Ich habe eine Femme Fatale erschaffen." Da er ebenfalls grinste, wusste ich, dass er den Begriff als Kompliment verwendete. „Wann? Sobald wir in der Kirche waren und geheiratet haben. Ich schätze, wenn wir jetzt aufbrechen, können wir es dorthin schaffen, kurz bevor der Gottesdienst endet."

„*Jetzt?* Du willst mich jetzt sofort heiraten?" Mein Gehirn war zugegebenermaßen von meinem *Höhepunkt* noch ganz durcheinander, aber ich war überrascht, dass er es sofort offiziell machen wollte.

„Willst du meine Hände auf dir spüren?"

Bei dem Gedanken leckte ich meine Lippen, mein Körper wurde wieder heiß und weich bei der Vorstellung, dass seine Finger meine eigenen ersetzten, während ich kam. Ich nickte.

Er stöhnte und verrückte seine Männlichkeit in seiner Hose. „Dann jetzt. Jetzt sofort."

JACKSON

Ich hatte Hyacinth seit dem ersten Moment, in dem ich sie erblickt hatte, für hübsch erachtet, aber den Ausdruck purer Überraschung und verzückten Vergnügens, als sie gekommen war, würde ich niemals vergessen. Ihre Lippen hatten sich geteilt, ihr Atem war kaum mehr als ein Keuchen gewesen. Röte hatte jeden Zentimeter ihrer entblößten Haut überzogen, einschließlich der Innenseite ihrer üppigen Schenkel. Ihre Finger auf ihrer Pussy, die schön rosa war und glänzte, hatten mich fast wie einen notgeilen und übereifrigen Teenager in meiner Hose kommen lassen. Für eine so schüchterne Person, war sie ziemlich leidenschaftlich, wenn sie ihre Sorgen bezüglich der Angemessenheit unseres Tuns hinter sich ließ. Nichts würde zwischen uns stehen und das war erst der Anfang. Ich sehnte mich danach, ihr beizubringen, wie es sein würde, es ihr zu zeigen. Es ihr zu *geben*.

Das würde allerdings nicht geschehen, bis wir vor ihrer Familie, meinem Vater und der Stadt gestanden und unsere Eheversprechen abgelegt hatten. Ich wollte, dass Hyacinth wusste, dass ich sie nicht nur wertschätzte, sondern sie ebenfalls respektierte und ehrte. Später, wenn ich sie vögelte, würde ich ihr Dinge zeigen, die sie sich nicht einmal in ihren kühnsten Träumen ausgemalt hatte. Ich wollte, dass sie nicht den kleinsten Zweifel, nicht die geringste Sorge hatte, dass das, was wir gemeinsam taten, erlaubt, akzeptiert und perfekt war.

Es würde keine heimliche Hochzeit geben, keine durch Schwangerschaft erzwungene Hochzeit, über die sich die Stadtleute die Mäuler zerreißen würden. Ich würde nicht zulassen, dass auch nur ein beleidigendes Wort über meine Braut verloren wurde und deswegen zog ich sie hinaus in den Sonnenschein und zu den Ställen, um ein Pferd zu satteln und mit gebotener Eile in die Stadt zu reiten. Als wir eine Stunde später durch die Türen der Kirche traten, erteilte der Pfarrer gerade seinen letzten Segen. Alle drehten sich in ihren Bänken um, um herauszufinden, wer den Gottesdienst unterbrochen hatte. Hyacinth trat zurück, sodass ihr Körper leicht von meinem verborgen wurde.

„Falls Sie noch ein paar Minuten Zeit haben, Reverend, so würden Miss Lenox und ich gerne ihre Dienste in Anspruch nehmen und würden uns sehr freuen, wenn die Stadt als Zeuge anwesend wäre." Da die Kirchengemeinde schwieg, hallte meine Stimme klar und deutlich durch die Kirche.

Ich sah hinab auf Hyacinth. Sie umklammerte meine Hand, als ob sie von einem starken Windstoß davongeblasen werden könnte. Intensive Farbflecken breiteten sich auf ihren Wangen aus und auch wenn sie es nicht genoss, alle Augen der Kirchengemeinde auf sich zu haben – das Zentrum der Aufmerksamkeit zu sein, war eher etwas für Iris und Dahlia – so konnte ich dennoch sehen, dass sie sich freute, mich zu heiraten.

Miss Trudy erhob sich von der Bank und kam zu uns, ein sanftes Lächeln umspielte ihre Lippen. Hyacinth ließ meine Hand los, als sie die Frau umarmte. „Darf ich mit dir am Altar stehen?", fragte die ältere Frau Hyacinth.

Tränen füllten Hyacinths Augen, während sie nickte und dieses Mal war ich mir sicher, dass es Tränen der Freude waren und nichts anderes. Mein Vater kam ebenfalls den Mittelgang entlang, um sich uns anzuschließen. Er strahlte und bedachte erst Hyacinth mit diesem breiten Lächeln, dann schüttelte er meine Hand. Wenn ich es nicht besser gewusst hätte, hätte ich gedacht, dass Tränen in seinen Augen schimmerten.

„Das hast du gut gemacht, Sohn", murmelte er.

Ich schlug ihm auf die Schulter, erleichtert, dass ich den Segen von beiden hatte. Wenn ich nicht zu meinem Vater auf die Lenox Ranch gegangen wäre, hätte ich Hyacinth nie kennengelernt, weshalb es mich freute zu wissen, dass er in diesem wichtigen Moment bei mir war.

Mein Vater reichte Miss Trudy seinen Ellbogen und er geleitete sie zum Altar. Unterdessen flüsterte und lächelte die

Kirchengemeinde. Es kam nicht oft vor, dass eine Überraschungshochzeit abgehalten wurde.

Der Pianist begann, das Einzugslied zu spielen und ich blickte hinab auf Hyacinth.

Ich sah, dass sie nervös war. Ihr Lächeln war eine Spur zu angestrengt, ihre Hände umfassten meinen Bizeps ein wenig zu fest. Das konnte allerdings nur ich erkennen, denn ich sah ebenfalls Freude. Ihre Augen leuchteten, ihre Wangen waren gerötet und sie sah mich – *mich!* – mit einem Blick an, der Liebe ähnelte.

Ich hatte nicht erwartet, dass sie mich bereits jetzt… liebte. Sie hatte mir keine Gelegenheit gegeben, sie anständig zu umwerben, aber sie erkannte die Verbindung zwischen uns, die Chemie, die dieses…Ding, das wir zwischen uns hatten, so besonders machte – besonders und wichtig genug, um zu heiraten.

Wir würden den Rest unseres Lebens haben, um jedes Geheimnis, das uns nah am Herzen lag, zu entdecken. Was mich betraf, so würde ich mich…noch mehr in sie verlieben können.

Ich streichelte sanft mit meinem Daumen über ihre Fingerknöchel und dann führte ich meine Braut den Gang entlang. Ich zwinkerte den sechs übrigen Lenox Schwestern zu, die flüsterten und lächelten, als wir vorbeiliefen. Ich kannte sie lang genug, um zu wissen, dass sie gleichermaßen überrascht und erfreut waren. Rose und Chance Goodman saßen zwei Reihen weiter vorne und Hyacinth streckte ihre Hand aus und ergriff Roses Hand kurz. Ihr schwesterliches Band war das engste und es war wichtig für Hyacinth, zu wissen, dass die andere Frau bei ihr war, genauso wie ich meinen Vater bei mir haben wollte.

Als wir vor dem Pfarrer standen, der kein bisschen verärgert über die Verlängerung des Gottesdienstes zu sein schien, wandte ich mich meiner Braut zu, bereit, mein Versprechen abzulegen und bereit, zu hören, wie Hyacinth im Gegenzug ihres gab. Ich hoffte, dass ich äußerlich ruhig wirkte, denn mein Herz pochte wild in meiner Brust. Ich hatte auf diesen Moment gewartet, seit ich Hyacinth zum ersten Mal gesehen hatte, und jetzt wurde sie zu der Meinen.

Niemand konnte uns trennen. Niemand konnte infrage stellen, dass sie zu mir gehörte. Nicht einmal Hyacinth. Als der Mann verkündete, ich könne meine Braut küssen, hörte ich kaum das Klatschen der Kirchengemeinde, während ich meinen Mund auf ihren senkte. Der Kuss war kurz und nicht vergleichbar mit dem, den wir im Bad geteilt hatten und dem, wie ich ihren Mund erobern würde, wenn wir erst einmal allein waren.

Ich war begeistert, dass die Zeremonie so viele Zeugen gehabt hatte, aber jetzt da sie vollendet war, wollte ich Hyacinth ganz für mich haben…und unter mir. Ganz und gar nackt.

Hyacinth

Ich hatte erwartet, zu einer Schar Frauen gezogen zu werden, die mich alle mit Fragen über die überraschende Hochzeit bombardieren würden, aber Jackson hatte mir nur erlaubt, Miss Trudy ein weiteres Mal zu umarmen, während er kurz mit seinem Vater sprach. Anschließend hatte er mich den Gang hinab eskortiert und zurück in den hellen Sonnenschein. All das war innerhalb von zehn Minuten nach unserer Ankunft passiert. Ich saß auf seinem Schoß auf dem Pferd und wir ritten von der Stadt weg, noch bevor irgendjemand die Kirche verlassen hatte. Seit dem Tag, an dem er seine Absichten kundgetan hatte, war der Mann sehr direkt und sehr deutlich in seinem Bestreben gewesen. Auch wenn ich nicht daran zweifelte, dass dieses Bestreben nur meinem Wohl galt – er hatte schließlich gesagt, sein Ziel sei es, mich glücklich zu machen – schien ihn nichts aufhalten zu können, wenn er so fokussiert war. Ich nahm an, dass er jetzt allein darauf konzentriert war, mich für sich allein zu haben, mich nackt auszuziehen und anzufassen. Aus diesem Grund würde ich gegen seine Dominanz nicht ankämpfen oder sie infrage stellen.

Ich *wollte* jetzt seine Dominanz haben. Ich *sehnte* mich danach. Deswegen hatte ich mich auch nicht beschwert, als er auf der Ranch kein zweites Pferd gesattelt hatte oder als ich Rose nur zum Abschied zuwinken konnte. Es war dieser…Eifer, der berauschend war, da ich noch nie zuvor das Zentrum irgendjemandes Aufmerksamkeiten gewesen war, ganz zu schweigen der eines Mannes. Ich genoss das Gefühl von ihm unter mir, seine harten Schenkel, die sich mit dem Schaukeln des Pferdes bewegten, das Gefühl seiner Arme, die mich sicher festhielten. Sein unglaublicher Duft reizte mich. *Alles* an ihm reizte mich.

Ich war mit Jackson verheiratet. Ich war Mrs. Jackson Reed. Ich hatte gedacht, dass mich das ängstigen würde, aber das tat es nicht. Es fühlte sich…wundervoll an. Ich war so in Gedanken versunken, dass ich nicht bemerkte, dass wir nicht zur Ranch zurückkehrten, bis wir uns einer sehr vertrauten Kurve des Baches näherten. Bei diesem Anblick versteifte ich mich in Jacksons Armen und mein Herz schlug schneller. Schweiß stand mir auf der Stirn, während mich Erinnerungen überschwemmten. Das Wasser veränderte sich von klar zu schlammig. Das Zirpen der Grillen wurde vom donnernden Lärm gigantischer Wassermassen ersetzt. Zweige und Treibgut flossen und schaukelten auf mich zu. Jane schrie.

„Warum sind wir hier?", flüsterte ich. Panik schnürte mir die Kehle zu und ich barg mein Gesicht an seiner Schulter.

Da eine Hand die Zügel halten musste, legte er die andere an meine Taille, seine große Hand war warm und tröstlich.

„Ich dachte, wir könnten baden."

„*Hier?* Jetzt? Nein. *Nein!* Jackson, du bist grausam." Das hier war genau die Stelle, an der wir schwimmen gewesen waren, als uns die Sturzflut erwischt hatte. Hier waren wir davongespült worden, hier war Jane gestorben und hier hatte sich mein Leben für immer verändert. In der einen Minute war ich völlig sorgenfrei gewesen, hatte keine Ahnung von den Gefahren gehabt, die ein Leben an einem so wilden Ort mit sich brachte, oder wie vergänglich das Leben war. In der nächsten Minute hatte ich von der Vergänglichkeit des Lebens gewusst.

„Nicht grausam, Liebling", erwiderte er mit leisen Worten. Seine Hand streichelte tröstend meinen Rücken hoch und runter, aber das beruhigte mich kaum. „Es ist an der Zeit, neue Erinnerungen an diesem Ort zu schaffen. Ich werde bei dir sein. Nichts…ich meine absolut nichts wird dir passieren, wenn du bei mir bist."

Ich spürte seine Worte genauso an meiner Wange wie ich sie hörte, seine Stimme rumpelte in seiner Brust. Das Wasser sah ruhig und fast schon friedlich aus, nur gelegentlich kräuselte sich die träge dahinfließende Oberfläche. Ich erinnerte mich daran, dass es flach war und an den meisten Stellen nicht einmal bis zu meinen Knien reichte. Eine leichte Krümmung des Bachs hatte jedoch eine tiefere Stelle geschaffen, wo mir das Wasser bis zur Taille reichte. Sie war perfekt zum Baden und Plantschen und die meiste Zeit absolut sicher. Außer wenn es eine Sturzflut gab.

„Du erwartest, dass ich wieder in dieses Wasser gehe?"

„Bist du seit der Flut jemals hierher zurückgekehrt?", fragte er und vermied eindeutig die Beantwortung meiner Frage.

Ich schüttelte den Kopf.

„Lass uns absitzen und für eine Minute spazieren gehen."

Der Arm um meine Taille hob und senkte mich mühelos auf den Boden und kurz darauf folgte er. Anschließend ließ er das Pferd zum Bachufer laufen und trinken.

„Vertraust du mir?", fragte er und hielt weiterhin einen Arm um meine Taille. Ich klammerte mich an ihn, da ich nicht einmal in die Nähe des Wassers gehen wollte. Was, wenn die Sturzflut zurückkehrte?

„Hyacinth", sprach er mich wieder an.

Als ich in seine hellen Augen sah, entdeckte ich dort keine Täuschung, keinen Grund, dass er mich quälen wollte, indem er mich hierher brachte, außer um mich dazu zu bringen, mich meinen Ängsten zu stellen. Ich sah nur Ruhe, die mich dazu veranlasste, tief Luft zu holen. Obwohl ich in sicherem Abstand zum Wasser stand, raste mein Herz und meine Handflächen waren feucht. Wenn ich ihn loslassen würde und irgendwie hineinfiel, würde ich auf meinem Po landen und nur von wenigen Zentimetern klaren Wassers umspült werden.

„Du kannst das, was passiert ist, nicht einfach so abtun, denn es geschah an einem ähnlichen Tag wie diesem", sagte ich. Meine Worte waren harsch wegen der schrecklichen Erinnerungen. „Das Wetter war auch damals schön, das Wasser ruhig. Aber es hat sich geändert."

Ich erschauderte und Jackson umarmte mich fest.

„Nicht heute. Nicht mit mir. Du wirst es nicht vergessen. Schlimme Dinge verschwinden nicht so einfach. Du trägst sie immer bei dir, aber sie gehören in die Vergangenheit. Du kannst nicht zulassen, dass Angst dein Leben kontrolliert", erklärte er, als hätte er Erfahrung damit. Waren auch ihm schreckliche Dinge passiert? Trug sein Gehirn Narben, die nicht heilen wollten? „Ich werde es nicht vergessen, genauso wenig wie du, aber ich will dich noch nicht zur Ranch zurückbringen. Die Dinge sind noch nicht bereit."

„Bereit?", fragte ich. Allein das Wasser anzuschauen, ließ meine Gedanken aussetzen.

„Mein Vater wird für eine Weile in die Schlafbaracke

ziehen, damit wir Privatsphäre haben. Vor allem heute Nacht."

Unsere Hochzeitsnacht. Daran hatte ich nicht gedacht. Ich hatte über ein paar der Dinge, die wir tun würden, nachgedacht, aber nicht *wo*. Mein Haus – nein, es war nicht länger meines – war voller Frauen und Privatsphäre so gut wie nicht existent. Jackson wohnte bei seinem Vater und hatte kein eigenes Haus.

„Willst du, dass wir mit Big Ed zusammenwohnen?" Ich mochte den Mann, aber ich hatte nie in Erwägung gezogen, mit ihm zusammen zu wohnen. Diese Ehe hatte mich so plötzlich überrumpelt, dass ich nicht über die Details hatte nachdenken können. Wo wir leben würden, war ein sehr großes Detail.

„Ich werde uns ein Haus bauen." Er hielt inne und umfasste meine Wange, dann gab er mich frei und trat zurück. „Außer du willst, dass ich uns eine eigene Ranch kaufe."

Ich hob verblüfft meine Augenbrauen. „Du würdest eine Ranch kaufen? Hast du – haben wir – genug Geld für so etwas?"

Er warf seinen Hut ins Gras und fing dann an, seine Hemdknöpfe zu öffnen. Da wurde mir erst bewusst, dass er mich nicht mehr festhielt, dass ich allein stand und es mir… gut ging. Vielleicht lenkte mich aber auch der Streifen Haut, den er einen Knopf nach dem anderen entblößte, ab.

„Um Geld müssen wir uns keine Sorgen machen. Ich habe über ein Jahrzehnt in der Armee gedient. Die bezahlte zwar nicht gerade gut, aber ich hatte keine Ausgaben und konnte meinen Lohn daher sparen. Ich hab in die Kupfermine eines Freundes drüben in Butte investiert. Wenn du gerne deine eigene Ranch hättest, dann wirst du eine bekommen."

So wie Jackson sprach, klang es, als wären wir reich. Es

fiel mir schwer über Geld nachzudenken oder irgendetwas, was das anging, da er sich auszog. Draußen. Vor mir.

„Was machst du?", fragte ich und deutete auf seine Brust, die in dem V seines Hemdes sichtbar geworden war. Ich konnte jetzt sehen, dass er dort blonde Haare hatte und einen flachen Bauch mit wohldefinierten Muskeln. Ich konnte nicht anders, als bei diesem Anblick über meine Lippen zu lecken – und das war nur ein kleiner Ausschnitt.

„Wir gehen ins Wasser."

„Dieses Wasser? Ich gehe nicht in dieses Wasser!", protestierte ich, aber in meinen Worten lag nicht so viel Angst oder Endgültigkeit wie noch vor wenigen Minuten, denn dieser verflixte Mann lenkte mich viel zu sehr ab. Ich schluckte, da ich mir Jackson nackt vorstellte. Jane und ich hatten uns bis auf unsere Unterkleider entkleidet, aber wir waren nur Mädchen gewesen und ich hatte kein Interesse an Jungs gehabt, keine Ahnung gehabt, wie es sich anfühlte, wenn ein Mann nur Augen für mich hatte. Oder, wie es sich anfühlte, zu beobachten, wie ein Mann seine Kleider ablegte, ein Kleidungsstück nach dem anderen.

Nachdem er das Hemd ausgezogen hatte, warf Jackson es neben seinen Hut ins Gras.

Oh Grundgütiger. Ich sog scharf die Luft ein und starrte. Nein, ich gaffte ihn offen an und so wie sich sein Mundwinkel zu einem spitzbübischen Lächeln bog, schien es ihn nicht zu stören.

Seine Schultern waren breit und seine Taille schmal, sein Körper formte ein V. Die hellen Haare auf seiner Brust verjüngten sich zu seinem Bauchnabel und darunter zu einer Linie, die hinab in seine Hose führte. Als wir im Bad gewesen waren, hatte er auf die harte Länge seines…Schwanzes hingewiesen, aber jetzt, im hellen Sonnenschein, war die Beule offenkundig. Sie war dick und lang und neigte sich nach oben, wo sein Hosenbund weggezogen worden war.

Seine Hände, die an seinem Hosenschlitz herumfummelten, brachten mich dazu, den Blick abzuwenden.

„Dir wird das, was du siehst, noch viel besser gefallen, wenn meine Hose erst einmal ausgezogen ist." Er schlüpfte aus seinen Stiefeln, während er seine Hose öffnete und dann schob er sie nach unten über seine Hüften.

Was Männer unter ihren Hosen trugen, war mir ein Rätsel. Ich hatte eine Art Schlüpfer erwartet, aber Jackson war nackt in seiner Hose. Das wurde mir bestätigt, als sein Schwanz heraussprang, ein Nest heller Haare am Ansatz. Für das hatte ich nur einen kurzen Blick übrig, da ich zu verblüfft vom Anblick seines Schwanzes war. Ich hatte keine Ahnung gehabt, wie einer aussehen würde, aber dies…oh Grundgütiger.

Er ähnelte einem Knüppel, dick und lang mit einer breiten, stumpfen Spitze. Die Farbe war von einem intensiven Rot und eine pulsierende Ader verlief die Seite entlang. An der Spitze war ein kleiner Schlitz und ich beobachtete, wie eine klare Flüssigkeit daraus hervorquoll. Die dicke Länge federte zu seinem Bauch hoch und dann direkt zu mir.

„Jackson, ich bin mir nicht sicher – "

Mir war überall ganz heiß und das nicht wegen der Sonne. Meine Finger in mir waren im Vergleich zu seinem Schwanz so klein. Obwohl sich meine inneren Wände in freudiger Erwartung, von so einem riesigen Teil gefüllt zu werden, zusammenzogen, hatte ich Angst.

„Er wird passen, Liebling. Du bist jetzt noch nicht bereit, aber du wirst es sein."

Er schob seine Hose seine Beine hinunter, dann kickte er sie zur Seite, sodass er ganz und gar wunderbar nackt vor mir stand.

„Oh Grundgütiger", sagte ich wieder. Ich konnte nicht anders, denn sein Anblick verblüffte mich immer wieder von neuem. Das war mein Ehemann!

„Du bist dran, Liebling."

Diese Worte sorgten dafür, dass sich meine Augen von seinem Schwanz abwandten und in seine blickten. „Ich bin dran?", quiekte ich.

Er nickte langsam. „Du kannst mich nackt sehen, jetzt bin ich dran, dich zu sehen."

Mit zitternden Fingern öffnete ich die Knöpfe auf der Vorderseite meines Kleides. Unterdessen sprach Jackson: „Ich habe davon geträumt, dich nackt zu sehen. Ich habe meinen Schwanz in die Hand genommen, mich selbst berührt, wie du es vorhin getan hast, und mich mit Gedanken an dich zum Höhepunkt gebracht."

Seine Worte waren so sinnlich und er teilte sie mir ohne einen Funken Scham mit. „Das hast du?", fragte ich, meine Finger unterbrachen ihre Tätigkeit.

„Hör nicht auf. Bitte."

Seine Augen taten das Gleiche, was meine zuvor getan hatten; sie folgten meinen Bewegungen, wie ich es bei ihm getan hatte. „Ich wollte dich, seit ich dich das erste Mal gesehen habe, berühren, küssen, ficken." Er grinste anzüglich und ich konnte nur schüchtern zurücklächeln. „Erinnerst du dich daran, wie du dich gefühlt hast, als du mit deiner Pussy gespielt hast? Für mich ist es genauso, Liebling. Dieses Gefühl? Das ist wegen dir so. Gott, ich kann es nicht erwarten, meinen Schwanz in dich zu drücken, zu spüren, wie sich deine Wände um mich herum zusammenziehen. Ich werde so heftig kommen."

Seine Worte heizten mir ein. Meine Pussy zog sich zusammen, so wie er es gesagt hatte, aber ich war leer und sehnte mich nach ihm. Meine Hände bewegten sich jetzt schneller, mein Körper war begierig, genau das zu tun, was er gesagt hatte. „Jackson, ich…mein Körper will dich. Ich… ich sehne mich nach dir. Aber mein Kopf. Ich habe Schwierigkeiten damit."

Er überwand die wenigen Schritte zwischen uns und übernahm es, mir das Kleid auszuziehen. Seine Hände waren sehr viel geschickter, vielleicht mehr aus Eifer denn aus Erfahrung. Obwohl ich davon ausgehen musste, dass er in der Vergangenheit einige andere Frauen entkleidet hatte, aber über diese Dinge würde ich nicht nachdenken. Jackson gehörte mir. Jeder wohlgeformte Zentimeter von ihm.

„Denk nicht, Liebling. Fühle." Seine Hände schoben den Stoff von meinen Schultern und über meine Arme, von wo er nach unten fiel und sich um meine Füße bauschte. Er zögerte nicht, sondern machte sich schnell an den Streben meines Korsetts zu schaffen, dann hob er mein Unterhemd über meinen Kopf.

Anschließend hielt er inne und musterte mich eindringlich. Ich erschauderte, aber mir war nicht kalt. Es war der Blick in Jacksons Augen, die Hitze, die ich darin sah – die Art, wie er sein Kiefer zusammenpresste – die mir das Gefühl gab, ich wäre eine Mahlzeit und er ein verhungernder Mann. Ich spürte, dass sich meine Nippel unter seinem intensiven Blick aufrichteten und meine Erregung meine Schenkel benetzte.

„Du bist wunderschön, Hyacinth Reed. Lass uns ins Wasser gehen, bevor ich dich noch genau hier, genau jetzt ficke." Er ergriff meine Hand und zog mich zum Bach.

Ich schüttelte meinen Kopf, während ich zum Wasser sah. Ich hatte meine Ängste aufgrund seiner Taten völlig vergessen. Jacksons Nacktheit hatte mein Gehirn zu Brei verwandelt. Mein Körper wurde für etwas, das ich in seiner Gesamtheit nicht kannte, weich und heiß. „Jetzt. Bitte."

Er hielt inne und runzelte die Stirn, was nicht die Reaktion war, die ich erwartet hatte. Ich hatte erwartet, dass er äußerst erfreut darüber wäre, dass ich direkt zum – wie hatte er es genannt? – Ficken übergehen wollte.

„Nicht, weil ich Angst vor dem Wasser habe", fügte ich

hinzu, wobei ich nur ein bisschen schwindelte. „Das habe ich, aber ich…ich will alles, was du gesagt hast. Ich will nicht warten."

Jackson stöhnte tief in seiner Kehle und packte mich, zog mich fest an sich und küsste mich. Das war nicht der keusche Kuss von der Hochzeit. Das war nicht der erste Kuss, den wir im Bad ausgetauscht hatten. *Das* war etwas völlig anderes – etwas Wildes und Animalisches und Verzweifeltes und Heißes und…Unglaubliches. Seine Zunge tauchte in meinen Mund und fand meine, schlang sich um sie. Er leckte und entdeckte, was mir gefiel, wie ich gerne geküsst wurde. Woher er das wusste, wusste ich nicht, aber es war unglaublich.

Meine Brüste pressten sich gegen seine Brust, die Haare dort waren weich und federnd und kitzelten meine Nippel. Weiter unten drückte sich sein Schwanz gegen meinen Bauch. Er war heiß und hart, dennoch samtig weich. Als ich spürte, dass er pulsierte, keuchte ich. Ich hatte mir vorgestellt, dass er in etwa wie ein Knüppel oder ein harter Pfosten wäre, der in mich rammen und mich füllen würde, aber er fühlte sich lebendig zwischen uns an, als ob er in mir sein *wollte*.

Als Jackson mein Kiefer entlang küsste, fiel mein Kopf nach hinten und gewährte ihm besseren Zugang, sogar noch mehr, als er an meinem Ohrläppchen knabberte, bevor er meinen Hals hinabwanderte. „Ein guter Versuch, Liebling, aber ich weiß, dass du noch immer Angst hast. Wenn du ficken möchtest, anstatt ins Wasser zu gehen, werde ich nicht dagegen protestieren." Seine Stimme sank und umschmeichelte fast schon samtig meine Haut, schickte mir Schauder über den Rücken, obwohl die Sonne schien.

Er leckte und liebkoste die zarte Haut und hinterließ eine kribbelnde Spur. Er setzte mein Fleisch in Flammen, mein Blut wurde in meinen Adern heiß und dick, sodass ich langsam und sehr fügsam wurde. Mein Atem beschleunigte sich im Gleichklang mit meinem Herzen. Als er seinen Kopf noch weiter senkte und von meinem Schlüsselbein abwärts küsste, um sich an einer Brust zu reiben, dachte ich, dass er mit Sicherheit den hektischen Pulsschlag unter seinen Lippen spüren konnte. Meine Hände schoben sich in seine Haare, während er an einem meiner Nippel nuckelte. Ich konnte das Keuchen, das mir entwich, nicht zurückhalten, denn ich hatte nicht gewusst, dass ein Mann so etwas tun würde, noch hatte ich erwartet, dass es sich so gut anfühlen würde.

„Jackson, jemand wird uns sehen", keuchte ich. Meine letzten kohärenten Gedanken beschäftigten sich mit der Sorge, dass wir entdeckt werden könnten. Schon bald würde jeder in der Lage sein, so viel mehr zu sehen. Er hatte zwar behauptet, dass das, was wir taten, nur zwischen uns bleiben würde, aber ich hatte mir nie vorgestellt, dass wir es im Freien tun würden.

Er schüttelte den Kopf und seine Bartstoppeln kratzten sanft über meine zarte Haut. „Das hier ist Lenox Land. Niemand wird uns hier stören."

„Ich will nicht, dass mein erstes Mal von Dahlia oder Iris unterbrochen wird", entgegnete ich. Ein Teil der Hitze des Moments ging an die Gedanken an meine schnatternden und nervigen Schwestern verloren.

Ich spürte sein Lächeln an meiner Brust.

„Ich habe meinem Vater erzählt, wohin wir gehen. Niemand wird uns stören." Sein Mund wanderte noch tiefer, während er vor mir auf die Knie fiel und seine Hände an meinen Seiten hinabglitten, bis sie auf meinen Hüften liegen blieben. Ich wusste nicht, warum er mich festhielt, da ich nicht die Absicht hatte, wegzulaufen, aber als er seinen Mund auf meine Weiblichkeit drückte, machte ich einen Satz und drückte gegen seine Unterarme.

„Jackson! Sollst du so etwas tun?"

Er hob seinen Kopf kurz und sah mir in die Augen. „Absolut. Vertrau mir, du wirst es lieben."

Ich war mir dessen nicht so sicher, aber bis jetzt hatte er nichts getan, was mir nicht gefallen hätte, also entspannte ich mich in seinem Griff. „Mach die Beine breit, Liebling."

Ich tat wie geheißen und er senkte seinen Kopf ein weiteres Mal, dieses Mal nutzte er seine Zunge, um meine Spalte entlang zu lecken und anschließend sanft gegen die harte Perle zu schnalzen, die das Zentrum meiner Lust bildete.

„Jackson!", schrie ich wieder, dieses Mal aus einem ganz anderen Grund. Ich hatte keine Ahnung, dass ich so empfindlich war, dass sich allein die raue Oberfläche seiner Zunge so unglaublich anfühlen konnte, während er die Finger einer Hand benutzte, um meine Schamlippen zu spreizen und meinen Eingang zu umkreisen.

Die Empfindungen waren so intensiv, dass meine Knie nachgaben. Hätte er nicht einen Arm um meine Taille geschlungen, dann wäre ich ins weiche Gras gefallen. Ich spürte die Sonne auf meiner nackten Haut, die sanfte Brise ließ meine bereits aufgerichteten Nippel noch härter werden. Ein Teil meiner Haare hatte sich aus der Frisur gelöst und strich nun über meinen nackten Rücken. Jacksons Finger gruben sich in meine Taille und würden dort sicherlich Abdrücke hinterlassen. Es war mir egal, ich liebte es sogar. Ich liebte das Wissen, dass es ein äußeres Zeichen seines Besitzanspruches geben würde. Er sollte nicht nur meine Jungfräulichkeit nehmen, sondern ich wollte auch sehen, dass er mich für sich beansprucht hatte. Ich wollte, dass *er* die Male als Zeichen seines Besitzes sah.

Was er mit seinem Mund trieb, ruinierte mich auf jeden Fall für jeden anderen. Ich war so kurz vorm Höhepunkt; ich wusste mittlerweile, wie es sich anfühlte. Ich wusste, was ich zu erwarten hatte.

Als Jacksons Finger in mich glitt und über eine magische Stelle rieb, änderte ich meine Meinung. Ich hatte absolut keine Ahnung, was ich zu erwarten hatte. Das war nicht vergleichbar mit dem einen Mal, als ich auf dem Wannenrand gesessen und mich selbst berührt hatte. Das hier war so, so viel mehr. Ich hatte keine Ahnung, dass ich in meinem Inneren so empfindlich war, dass nur das leichteste Krümmen seines Fingers dafür sorgte, dass sich ihm meine Hüften entgegenwölbten und meine Finger sich in seinen Haaren vergruben. Die Kombination aus der neuen Berührung und seiner Zunge, die über meinen Kitzler wirbelte, brachte meine inneren Wände zum Kontrahieren, womit sie versuchten, den einzelnen Finger tiefer hineinzuziehen. Mein Rücken bog sich und mein Orgasmus wusch über mich. Ich war so verloren wie damals, als mich die Flut weggetragen hatte. In diesem Fall hatte ich allerdings Jackson bei mir, der mich hielt, beschützte und dafür Sorge trug, dass ich das Vergnügen genießen konnte, das mich übermannte. Ich umklammerte ihn, während er mich hielt, und genoss die Lust, die er meinem Körper entlockte, in vollen Zügen.

„Oh mein Gott, Jackson", keuchte ich. „Ich…ich hatte keine Ahnung."

Er küsste den Leberfleck auf meinem Innenschenkel, bevor er seinen Kopf hob und grinste. Er lockerte seinen Griff nicht, sondern sah meinen nackten Körper hoch. Seine normalerweise hellen Augen waren jetzt dunkel und leidenschaftlich, sein Mund und Kinn glänzten von dem, was, wie ich wusste, meine Erregung war. Ich konnte sie auf meinem geschwollenen, erhitzten Fleisch und meinen Schenkeln spüren.

„Das ist nur der Anfang."

Bei diesen Worten fiel ich gegen ihn und er senkte mich behutsam zu Boden auf mein Kleid, das unter mir ausgebreitet war. Das weiche Gras fühlte sich an wie ein Kissen. Dass Jackson sich über mich beugte, nur auf eine Hand neben meinem Kopf gestützt, verlieh mir ein Gefühl der Sicherheit und des Beschütztseins, als ob er das Einzige in der ganzen weiten Welt wäre. Das war er. Ich konnte nichts anderes sehen als ihn, sein lächelndes Gesicht und breiten Schultern, die den Rest der Welt ausschlossen.

Ich sah auf unsere Körper hinab und entdeckte, dass sein Schwanz sogar noch größer war als zuvor, die Flüssigkeit an der stumpfen Spitze tropfte daran herunter. Ich senkte meinen Kopf und berührte sie. Sie wippte gegen meine Finger und Jackson zischte. Ich zog meine Hand weg und sah besorgt zu ihm hoch.

„Hab ich dir wehgetan?"

Er schüttelte den Kopf. „Ganz im Gegenteil", antwortete er mit tiefer und rauer Stimme. „Hör nicht auf, Liebling."

Der ermutigende Blick in seinen Augen bewegte mich dazu, ihn mit meiner Hand zu fassen.

„Fester."

Sein Knurren brachte mich dazu, dass ich ihn drückte, obwohl ich meine Finger nicht vollständig um seinen beeindruckenden Umfang schlingen konnte.

„Streiche mit deiner Hand hoch und runter." Das tat ich. „Ergreif mit deiner anderen Hand meine Hoden."

Er fuhr fort, mir zu erklären, was ich tun sollte, da ich keine Ahnung hatte, auf was er sich bezog. Am Anfang. Durch seine Worte und die Reaktionen seines Körpers auf meine Berührung, lernte ich schnell, was ihm gefiel. Sein Schwanz war so hart, dennoch so weich wie Seide in meiner Hand. Er pulsierte und füllte sich mit Blut. Meine Hand wurde von der Flüssigkeit an der Spitze feucht, sodass ich mit Leichtigkeit hoch und runter streicheln konnte.

„Genug." Er zog sich aus meinem Griff und setzte sich auf seine Fersen.

„Hab ich es nicht richtig gemacht?" Ich biss auf meine Lippe, da ich mir Sorgen machte, dass ich nicht fähig war, ihn zu befriedigen.

Seine Hand legte sich auf meine Wange und sein Daumen glitt vor und zurück. „Du hast es genau richtig gemacht. Es ist zu gut, Liebling. Ich will in dir sein, wenn ich komme. Ich will dich mit meinem Samen füllen und als die Meine markieren."

Ich nickte, da sich mein Verlangen nicht verringert hatte, als er mich mit seinem Mund zum Höhepunkt gebracht hatte. Ich spreizte meine Beine für ihn und wappnete mich, dass seine massive Größe gleich in mich stoßen würde. „Ich bin bereit."

Sein Mundwinkel hob sich. „Nein, das bist du nicht. Aber keine Sorge, ich werde schon dafür sorgen." Er senkte seinen Kopf und küsste mich. Sein Mund war sanft, seine Zunge glitt tief in meinen Mund, um mit meiner zu spielen. Ich schmeckte mich selbst und die Vorstellung so intim mit Jackson zu sein war sehr, sehr erregend. Ich hatte keine Ahnung, dass es so sein könnte und ich schmolz förmlich unter ihm dahin, mein Körper wurde weich und geschmeidig. Seine Zunge zog sich zurück, dann drang sie wieder in meinen Mund, während sich seine große Hand in meine legte. Langsam hob er sie über meinen Kopf, wo seine andere Hand sie in Empfang nahm und festhielt. Ich war an Ort und Stelle fixiert und konnte nirgends hingehen. Ich konnte nichts tun, außer alles zu akzeptieren, was Jackson beschloss, mit mir zu tun.

Ich war die Seine.

Ausnahmsweise konnte ich alles loslassen. In diesem Moment mit ihm hatte er die absolute Kontrolle. Ich musste mir keine Sorgen darum machen, dass er meinen Körper unattraktiv fände. Ich musste mir keine Sorgen darum machen, was ich in der Vergangenheit getan hatte. Ich musste mir keine Sorgen darum machen, ob ich ihn befriedigte. Ich musste absolut nichts tun, außer Jacksons Zuwendungen zu akzeptieren und sie so leidenschaftlich, wie ich konnte, zu erwidern. Ich gehörte ihm und er teilte mir das ohne Worte mit.

Als er mich küsste, glitt seine freie Hand meinen Arm hinab und noch tiefer, um meine Brust zu umfassen und zu drücken, während seine Finger an dem aufgerichteten Nippel zupften. Ich keuchte an seinem Mund.

„Gefällt dir das?", fragte er, wobei sein Mund vor meinem schwebte.

Meine Augen schlossen sich, während er nicht nachließ. „Ja", hauchte ich.

Er zog ein wenig fester und ich spürte einen scharfen Schmerzensstich. Meine Augen flogen auf und mein Rücken wölbte sich. „Jackson!", rief ich, nicht weil es wehgetan hatte, sondern weil es sich in etwas unglaublich Vergnügliches verwandelt hatte.

„Gefällt dir das besser?"

„Das sollte es nicht", erwiderte ich verwirrt darüber, warum mein Schoß weich wurde und bei der Kombination aus Schmerz und Lust vor Erregung tropfte.

„Ja, das sollte es. Es bedeutet nur, dass du nicht so sanft bist, wie du dachtest. Du magst vielleicht die anderen täuschen können, aber nicht mich."

„Jackson", entgegnete ich, aber konnte nicht mehr sagen, denn er hatte sich der anderen Brust gewidmet und ließ ihr die gleiche grobe Behandlung angedeihen.

„Ich habe mich danach gesehnt, meinen Namen mit genau diesem Klang von deinen Lippen zu hören. Warte nur, bis ich in dir bin, dann wirst du es wieder tun. Und wieder."

Ich zweifelte nicht an seiner Fähigkeit mich zum Betteln

zu bringen. Ich war alles andere als sanft. Unter ihm war ich absolut wild. Als seine Hand meinen Bauch hinabglitt und zwischen meine Schenkel tauchte, nahm ich nur noch ihn wahr. Ein Finger spreizte meine Schamlippen und drang nach innen.

„Du bist tropfnass."

„Jackson, bitte." Ich bettelte. Ich tat es wirklich. Indem ich meine Füße fest auf das weiche Gras stellte, wurden meine Knie nach oben gedrückt und ich machte meine Beine für ihn breit. Er nutzte diese Stellung schnell aus, indem er seine Hüften so verrückte, dass sie zwischen meinen lagen. Dadurch ruhte sein Schwanz an meinem Innenschenkel. Nur eine kleine Bewegung seines Körpers und er würde sich gegen mich drücken. Ein kleiner Ruck seiner Hüften und er würde vollständig in mir sein. Die Vorstellung veranlasste mich dazu, meine Hüften zu heben.

„Das hier, Hyacinth", er hielt seine Hand hoch und ich sah die Feuchtigkeit auf seinen Fingerspitzen glänzen, „das hier ist für mich."

„Ja", bestätigte ich.

Er hob seine Finger zu seinem Mund und leckte meine Essenz ab. „So süß und auch herb. Genau wie du."

Seine Worte, die Art und Weise, wie er mit mir sprach, er hielt sich nicht zurück. Er schwächte sein Verhalten für die sanfte Hyacinth Lenox nicht ab. Nein, das würde er nicht tun, da er mein wahres Ich sah – das *Ich*, das ich selbst nicht gekannt hatte. Hyacinth Reed. Ich würde nie erfahren, woher er wusste, dass ich von meinen eigenen Berührungen erregt werden würde oder von seinen dunklen und versauten Worten, seinen schmutzigen Taten. Es interessierte mich auch nicht, ich wollte nur, dass er mich bald füllte, denn meine inneren Muskeln verkrampften sich bereits erwartungsvoll.

Er war groß, so unglaublich groß, aber ich hatte keine Angst. Niemals bei Jackson.

Er legte seine andere Hand neben meinen Kopf, verschob seine Hüften und ich spürte, wie sein Schwanz gegen meinen Eingang stupste. Das heiße Gefühl von ihm, so hart und fordernd, ließ mich nach Luft schnappen.

Er sah mir in die Augen. „Es gibt kein Zurück, Liebling." Er schob sich leicht nach vorne und wir stöhnten beide. Die breite Spitze spreizte meine unteren Lippen so weit und öffnete mich, dehnte mich so viel weiter als es irgendeiner seiner Finger tun könnte.

„Ich werde dieses erste Mal sanft sein, aber ich mag es gerne grob und ich weiß, dir wird das auch gefallen."

Die Vorstellung, dass er mich nehmen würde, wie er wollte, brachte mich dazu, die Spitze seines Schwanzes zu drücken.

Er glitt mühelos ein weiteres Stückchen in mich, da ich so feucht war.

Meine Augen schlossen sich und ich spannte mich an, als ich das Brennen spürte, weil er mich so sehr ausfüllte. Er *war* groß, so unfassbar groß, dass mein Körper Probleme hatte, seinen Umfang aufzunehmen.

„Schau mich an, Hyacinth." Seine tiefe Stimme veranlasste mich dazu, zu tun, was er verlangte. „Du bist so eng, aber es ist dein Jungfernhäutchen, dass es unangenehm macht."

Ich schüttelte den Kopf. „Du bist so groß."

Er grinste. „Das bin ich, aber ich werde passen. Wir werden perfekt zusammenpassen. Ich kann dein Jungfernhäutchen spüren und wenn ich es erst einmal durchbrochen habe, wirst du das merken."

Ich leckte über meine Lippen, vertraute ihm in dieser Sache. „Es gehört dir, Jackson. Nimm es. Nimm mich."

Begehren flackerte bei meinen Worten in seinen Augen auf – ich erkannte das mittlerweile. Er wartete nicht, konnte nicht warten. So wie sein Hals angespannt und sein Kiefer zusammengepresst war, wusste ich, dass es ihn eine Menge kostete, sich zurückzuhalten, reglos zu verharren, während er sich nur ein Stück in mir befand. Er war sanft und behutsam und ich hatte das nicht einmal realisiert. Ich wusste es jetzt und daher beschloss ich, die Dinge zu beschleunigen. Er hatte recht gehabt. Ich wollte es nicht sanft haben. Ich wollte Jackson.

Ich packte seinen Hintern fest und sicher in meinen Händen und zog ihn genau in dem Moment nach vorne, als ich meine Hüften anhob. Durch diese Aktion durchbrach er mein Jungfernhäutchen und glitt bis zum Anschlag in mich. Ich versteifte mich bei dieser intensiven Empfindung, dem scharfen Schmerzensstich, als etwas tief in mir riss.

„Meine Güte, Hyacinth."

Jackson bewegte sich nicht, während er mit seiner Hand über mein Gesicht streichelte.

„Du hast…du hast zu lange gebraucht."

„Ich wollte dir nicht wehtun", erwiderte er.

Ich schenkte ihm ein sanftes, beruhigendes Lächeln. Der Schmerz ebbte schnell ab, aber die Dehnung und das Gefühl von ihm tief in mir nicht. Meine inneren Wände zogen sich um ihn herum zusammen, testeten das Gefühl.

Er zischte. „Mach das nicht."

Meine Augen weiteten sich bei seinen harschen Worten.

„Nein, Liebling. Du kannst das jederzeit tun, wenn du möchtest, aber im Moment befinde ich mich auf Messers Schneide. Du fühlst dich so verdammt gut an und ich muss mich bewegen, aber ich will dir nicht noch mehr wehtun."

„Du wirst mir nicht wehtun", versprach ich. „Bitte."

Langsam zog er sich zurück und die leichte Reibung, die diese Bewegung erzeugte, ließ meine Augen noch größer werden. „Jackson!", schrie ich.

„Ah, gefällt dir das?"

Ich nickte.

„Dann wirst du das hier sogar noch mehr mögen." Er stieß wieder in mich und füllte mich ein weiteres Mal. Die Empfindung seines Schwanzes, der über Stellen tief in mir glitt, brachte mich dazu, mich zu winden.

„Ah, ah. Jetzt darf ich mich bewegen." Mehr sagte er nicht, sondern begann, in mich rein und raus zu gleiten, zuerst langsam und dann fand er einen Rhythmus, der mich meine Hüften heben ließ, um ihm entgegenzukommen. Ich konnte nicht reglos bleiben. Das Geräusch unserer Körper, die aufeinander klatschten, und das meiner Feuchtigkeit füllte die Luft. Das war kein schlichter Geschlechtsverkehr unter den Laken. Es war feucht und glitschig und schwitzig. Primitiv. Die Art, wie mein Körper auf ihn reagiert, war das Gleiche. Es war, als wüsste er, was er zu tun hatte, wie er zu reagieren hatte, um jedes bisschen Lust aus unserer Vereinigung zu ziehen. Jackson wusste, was er tun musste. Er bewegte seine Hüften und rammte sie förmlich gegen mich, wodurch er direkt über meinen Kitzler strich. Ich konnte mich nicht davon abhalten, laut zu schreien, da es zu viel wurde. Er hatte mich zuvor zwar schon zum Höhepunkt gebracht, aber ich hatte noch nie etwas in mir gehabt. Ich hatte nie gewusst, dass es so viel besser sein würde. Als ich kam, war es wie ein Feuerwerk und ein Blitz und ein Knochen-schmelzendes-Vergnügen in einem. Ich konnte den Schrei, der mir entkam, nicht zurückhalten. Er wurde vom Wind aufgenommen und in den Himmel gehoben, genau so wie ich mich fühlte.

Meine inneren Wände packten Jacksons Schwanz, zogen ihn, so weit er ging, in mich und wollten ihn dort behalten. Ich schwöre, er wurde sogar noch dicker und länger, während seine Bewegungen hektischer wurden. Ich wusste, sein Vergnügen hatte ihn übermannt, genauso wie mich das meine und er wurde nun von seiner eigenen Lust angetrieben. Ich hatte mich so weit erholt, dass ich beobachten konnte, wie sich sein Gesicht anspannte und sich das Bedürfnis zu kommen vervielfachte.

Mit einem letzten Stoß kam er mit einem Knurren, sein Samen füllte mich. Ich konnte ihn tief in mir spüren, heiß und spritzend. Wir waren auf die elementarste Art miteinander verbunden und ich wollte mich nicht bewegen, wollte nicht, dass dieser Moment endete. Während sich Jackson in mir verloren hatte, war ich für immer die Seine geworden. Wie er gesagt hatte, gab es jetzt kein Zurück mehr. Und ich hatte auch gar kein Interesse daran.

8

JACKSON

Ich war noch nie zuvor so gekommen. Ich schwöre, ich hatte mich fast bewusstlos gefickt. Allein das Gefühl von Hyacinths süßer, enger Pussy, die meinen Schwanz förmlich erwürgte, hatte ausgereicht, dass sich meine Hoden zusammengezogen, mein Samen praktisch gekocht und ich mich nicht länger hatte zurückhalten können. Ich kam so lange, dass es sich wie eine Ewigkeit anfühlte, Schwall um Schwall meines Samens füllte meine Frau bis zum Anschlag, dann tropfte er an meinem Schwanz vorbei. Ich hatte zwei Monate – zwei lange Monate – auf ihre Pussy gewartet und es war sogar noch besser gewesen, als ich es mir vorgestellt hatte. Die perfekten rosa Lippen, die dunklen Haare, die sie vor Blicken schützten und ihre tropfende Erregung. Das war der Beweis, den ich brauchte, um zu wissen, dass sie mich begehrte. Sie war so ein zurückhaltendes kleines Ding – ich hatte Sorge gehabt, dass meine Gefühle nicht erwidert werden würden, aber ihre Worte und Besorgnis waren beeinflussbar.

Als ich sie im Bad überrascht hatte, war ich begeistert über die Entdeckung gewesen, dass sie neugierig und begierig war. Sie war sogar weiter gegangen, als ich es verlangt hatte – sie hatte sich nicht nur feucht gemacht, sondern hatte weitergemacht. Ich zweifelte nicht daran, dass sie, wenn ich sie nicht unterbrochen hätte, herausgefunden hätte, wie sie sich berühren musste, um zum Höhepunkt zu gelangen. Es war mein Glück gewesen, dass ich Zeuge ihres ersten Höhepunktes hatte sein dürfen. Sie dann unter mir zu haben und zu beobachten, wie sie auf meinem Schwanz kam, war noch etwas, das ich niemals vergessen würde.

Sie konnte leicht zum Orgasmus gebracht werden. Ihr Kitzler war sehr empfindlich, genauso wie ihre Brüste. Wenn ich ihnen viel Zeit widmen würde – und das würde ich schon bald tun – wusste ich, dass ich sie allein durch das Spiel mit ihren Nippeln zum Höhepunkt würde bringen können. Die Tatsache, dass sie es grob mochte und ihr ein bisschen Schmerz gemeinsam mit ihrer Lust gefiel, ließ meinen Schwanz ein weiteres Mal in ihr anschwellen.

„Ist er immer so groß?", fragte sie, ihre Stimme war leise und entspannt. Ihre Haut war gerötet und Schweißperlen standen ihr auf der Stirn. Ihre Haare, die ursprünglich perfekt frisiert gewesen waren, waren jetzt wild zerzaust. Ihre Nippel waren wieder zu weichen, plumpen rosa Spitzen geworden. Ihre Knie, die sie fest gegen meine Hüften gepresst hatte, waren auf ihrem Kleid weit gespreizt.

„Mein Schwanz?", fragte ich. Ich könnte sie sofort wieder vögeln, mein Verlangen nach ihr schwand nicht, aber ich wusste, sie musste wund sein. Außerdem gab es mehr als pures Ficken. Ich hatte eine Menge anderer Pläne für ihren Körper. „Nur in deiner Nähe."

Langsam zog ich mich aus ihr und setzte mich auf meinen Po. Ich beobachtete, wie mein Samen aus ihr glitt. Ihre Pussy war rot und geschwollen, ihre Schamlippen geöffnet. Ich tauchte meinen Finger in unsere vermischten Flüssigkeiten und hielt ihn für sie hoch. Das dickliche Sperma war mit einem Hauch rot versetzt.

„Mein Samen, dein jungfräuliches Blut."

Sie musste sich ihrer unsittlichen Position bewusst geworden sein, denn sie versuchte, ihre Knie zu schließen. So wie ich zwischen ihnen lag, konnte sie das allerdings nicht tun, und ich legte meine Hand auf ihren Innenschenkel.

„Versteck dich jetzt nicht, Liebling. Du bist so wunderschön, wie du hier liegst."

Ihre Wangen wurden sogar noch röter und sie wandte den Blick ab.

„Komm, wir machen uns sauber."

Ich erhob mich und genoss den Anblick von Hyacinth, die in dem sanften Sonnenschein ausgebreitet lag, das hohe Gras wiegte sich um sie, ihre Haut war hell und so weich. Ihre Schenkel waren gespreizt und sie sah aus wie eine eroberte Maid. Mein Schwanz wippte in ihre Richtung, da er wusste, dass sie genau das war und *ich* dafür gesorgt hatte. Ich streckte meine Hand aus.

„Ins Wasser?", fragte sie unsicher.

Ich wollte weder das Gespräch, das wir bereits geführt hatten, wiederholen, noch dass sie sich wieder verspannte und Angst bekam. Also hob ich sie in meine Arme und trug sie zum felsigen Ufer. Es fühlte sich unglaublich an, sie in meinen Armen zu halten, insbesondere da sie nackt war. Das herrliche Gefühl ihres Körpers, so weich an all den richtigen Stellen, veranlasste meinen Schwanz dazu, sich in ihre Seite zu bohren. Ich liebte es, wie ihre Brüste gegen meine Brust drückten. „Jackson!", kreischte sie. Ihr Körper spannte sich trotz meiner Bemühungen an. Ich hatte gedacht, dass ein oder zwei Orgasmen sie entspannen und ablenken würden. Das hatten sie auch getan, aber Hyacinth brauchte trotzdem die Versicherung, dass sie in Sicherheit war. Dass sie *immer* in Sicherheit sein würde.

Ich verharrte, während meine Füße gerade so vom Wasser bedeckt wurden. „Ich werde nicht zulassen, dass dir irgendetwas geschieht, Liebling. Es ist meine Aufgabe, mein Privileg, mich um dich zu kümmern."

Sie biss auf ihre Lippe, aber sagte nichts mehr. Ich spürte, dass sie sich in meinen Armen entspannte.

Langsam watete ich ins Wasser, bis es mir bis zur Taille reichte und ich die Stelle erreichte, wo der Bach eine Biegung machte. Dies war die beste Stelle, um zu baden und sich vom Schweiß und Staub eines harten Arbeitstages zu reinigen. Nachdem mir mein Vater von dieser Stelle erzählt hatte, war ich oft hierhergekommen und hatte die private Stelle genutzt. Jedes Mal, hatte ich mich danach gesehnt, sie mit Hyacinth zu teilen und mit ihr ins Wasser zu gehen, wie ich es jetzt tat. Ich hielt sie sicher in meinen Armen, aber konnte mich nicht davon abhalten, zu beobachten, wie sich ihre Brüste hoben und im Wasser trieben. Ihre Haare wirbelten um ihren Rücken und bewegten sich mit der leichten Strömung.

Kein Wunder, dass sie und ihre Freundin Jane zu diesem Ort gekommen waren. Es war der perfekte Platz, um herum zu plantschen und zu spielen. Sie hatten schließlich keine Ahnung von der schrecklichen Flut gehabt, die sie hinfort schwemmen würde. Jetzt, bei dem ruhigen Wasser und dem idyllisch blauen Himmel, bestand keine Gefahr einer Flut. Die Art, wie Hyacinth starr in meinen Armen lag, wies auf ihre gegenteiligen Gedanken hin. Sie hatte immer noch Angst vor einer weiteren Flut.

Ich küsste ihre Stirn und streichelte ihren nackten Rücken, während ich langsam meinen Griff lockerte und sie von mir löste, aber immer noch in meinen Armen hielt. Bevor ich mich von ihr zurückzog, erlaubte ich ihr, ihre Füße unter sich zu ziehen, sodass sie sich in der Hocke befand, wodurch ihr nackter Körper unter dem Wasser war. Das verhinderte jedoch nicht, dass ich alles von ihr sah.

„Lass uns schwimmen."

Ich tauchte unter und ließ das kühle Wasser über mich schwappen. Es kühlte meine Leidenschaft für Hyacinth jedoch nicht ab – genauso wenig wie meinen Steifen. Ich tauchte auf und schüttelte wie ein nasser Hund die Tropfen aus meinen Haaren. Als sie ihre Hände hob, um sich vor den Tropfen zu schützen, kreischte sie: „Jackson!"

„Jackson was, Liebling?" Ich grinste sie verschmitzt an. „Wirst du schwimmen oder muss ich dich reinwerfen?"

Ihre Augen weiteten sich und wurden dann schmal. „Das wagst du nicht."

Ich richtete mich zu meiner vollen Größe auf und begann, auf sie zuzulaufen. „Oh doch."

Dass sie sich ängstlich zusammenkauerte, war nicht die Art und Weise, auf die das Nacktbaden zu einer vergnüglichen Erfahrung werden würde. Ich musste sie dazu bringen, ihre Ängste zu vergessen und ich wusste genau, wie ich das anstellen konnte.

Sie begann, ihre Arme zu bewegen und sich rückwärts von mir zu entfernen, während sie ihren Körper unter Wasser hielt. Aber ihre Bewegungen waren viel langsamer als meine zielstrebigen.

„Weißt du, was passieren wird, wenn ich dich einhole?"

Sie musste etwas in meiner Stimme gehört oder das raubtierhafte Leuchten in meinen Augen gesehen haben, da sie aufstand und sich drehte, um zu fliehen, wobei sie eilig durch das Wasser platschte. Ich war bei ihrem Anblick an Ort und Stelle erstarrt. Tropfen rannen über ihren nackten Körper, ihre Nippel hatten sich von dem kühlen Wasser auf ihrer blassen Haut zusammengezogen. Ihr Hintern war üppig und rund und ich hatte ihn perfekt ihm Blick, als sie versuchte zu flüchten.

Ich stöhnte tief in meiner Kehle, bereit, sie wieder zu berühren. Sie mochte es zwar versuchen, aber sie würde nicht entkommen. Jemals.

Ich erlaubte ihr, dorthin zu fliehen, wo das Wasser seichter war und sie mühelos rennen konnte. Als sie sich umdrehte, um über ihre Schulter zu schauen und auszukundschaften, wie nah ich ihr auf den Fersen war, erhielt ich einen fantastischen Blick auf ihre hüpfenden Brüste.

Das war's. Ich war viel zu lange ein Gentleman gewesen.

Mit Leichtigkeit streckte ich meine Hand aus und ergriff ihren Arm, wirbelte sie herum und in meine Arme. Ich saß auf dem sandigen Bachbett und zog sie hinab auf meinen Schoß. Ihre Knie teilten sich, sodass sie rittlings auf mir saß, ihr Atem ging stoßweise. Ich sprach nicht, sondern senkte lediglich meinen Kopf und fing einen köstlichen Nippel mit meinen Zähnen ein.

Hyacinth schrie auf, vielleicht mit einer Mischung aus Genuss und Überraschung. Ich bot ihr keine Zärtlichkeit, da ich an ihr leckte und saugte, bis sie sich auf meinem Schoß wand. Meine Hände wanderten zu ihren Hüften und ich hielt sie fest, denn ich fürchtete, ich würde nicht durchhalten können, wenn sie weiterhin mit ihrer Pussy so über meinen Schwanz rutschte. Es war eine unschuldige Bewegung, aber meinem Schwanz war das egal. Ich wurde von meiner fast jungfräulichen Braut mehr erregt als von irgendeiner erfahrenen Hure oder Witwe in der Vergangenheit.

Finger vergruben sich in meinen Haaren und zogen daran. Der leichte Anflug von Schmerz, hervorgerufen durch den festen Griff, brachte mich dazu, an ihrem zarten Fleisch zu knurren. Ich knabberte an der harten Spitze und dann leckte ich mit meiner flachen Zunge darüber.

„Jackson, Gott. Es fühlt sich so gut an", hauchte sie.

„Das wusste ich. Ich wusste, dass es genau so sein würde."

Ich bewegte eine Hand, um zwischen ihre gespreizten Schenkel zu greifen und über ihre Pussy zu streicheln. Die untere Hälfte unserer Körper wurde von Wasser umspült, aber es konnte ihr erhitztes Fleisch nicht abkühlen. Sie stieß bei meiner zärtlichen Liebkosung zischend Luft aus. Ich hatte sie gerade zum ersten Mal erobert. Sie war sicherlich noch empfindlich und wund. Als ich einen Finger in sie schob, spürte ich meinen Samen und ihre Säfte, die ihren engen Tunnel unglaublich feucht machten.

Ich beobachtete sie, während ich ihren beanspruchten Eingang erkundete. „Wund?", fragte ich.

Sie biss auf ihre Lippe, während sie mit ihren Hüften kreiste, sie auf und ab bewegte, um auf meinem Finger Vergnügen zu finden.

„Oh, doch nicht ganz so wund, hm? Du willst mich reiten?"

Sie runzelte verwirrt die Stirn und erwiderte: „Reiten?"

Ich krümmte meinen Finger und ihre Augen rollten in ihren Kopf zurück. „Genau so. Lass deine Hüften kreisen und reite meinen Finger. Finde dein Vergnügen. Oder willst du meinen Schwanz? Kannst du ihn an deinem Bauch spüren?"

„Wieder? So bald?", fragte sie, als sie mich ein weiteres Mal ansah, ihre Augen voller Leidenschaft.

„Ich werde immer für dich bereit sein, Liebling. Mein Schwanz wird nie erschlaffen, solange ich deine weiche Haut spüren, deine fantastischen Titten sehen und mit deiner perfekten Pussy spielen kann. Sogar dein Duft. Wenn ich eine Nase voll davon erwische, werde ich hart. *Alles* an dir macht mich hart."

„Wirklich?"

„Du klingst überrascht", entgegnete ich.

Sie nickte. Ihre Haare klebten in feuchten Locken an ihren Schultern. „Ich wusste es nicht."

Etwas vergleichbar mit männlicher Besitzgier schwappte über mich. „Gut. Wenn du wüsstest, wie die anderen Männer aus der Stadt dich ansehen, würdest du dich zweifellos an ihrer Aufmerksamkeit ergötzen."

Sie hob ihre Hand, um meine Wange zu umfassen, und ihre Augen, die in der Sonne die helle Farbe von Whiskey angenommen hatten, blickten in meine. „Ich habe das nur bei dir gespürt, Jackson Reed. Du bist der einzige Mann, den ich jemals wollen werde."

Da küsste ich sie, denn ich konnte einfach nicht anders. Ich wollte sie auf einem so elementaren Level, dass ich sie am liebsten verschlingen würde. Während ich mich in ihren Mund leckte und ihre Zunge mit meiner umschlang, ergriff ich meinen Schwanz und führte ihn an ihre Öffnung. Erst, als die stumpfe Spitze ihre Schamlippen öffnete, hob ich meinen Kopf. „Senk dich nach unten und reite mich. Fick mich, Liebling."

Indem sie ihre Hüften bewegte, begann sie, sich auf meine dicke Länge zu drücken, einen wunderbaren Zentimeter nach dem anderen. Ich verharrte still, was fast unmöglich zu bewerkstelligen war.

„Du willst, dass ich es tue?" Als ich nickte, fuhr sie fort: „Aber ich weiß nicht wie."

„Fühl einfach."

Als sie ganz auf mir saß, berührten sich unsere Schenkel und ich füllte sie vollständig. Da war kein Raum zwischen uns, nicht einmal ein Millimeter. Als sie reglos blieb, knirschte ich mit den Zähnen. „Du wirst mich umbringen, Liebling. Fick dich selbst und komm auf meinem Schwanz."

Sie sah nach links und rechts, als ob sie nach Zuschauern sehen würde oder vielleicht auch nach einer Wand schlammigen Wassers, das heranrollte, um uns wegzuschwemmen.

Keines von beidem würde hier erscheinen, aber ich wusste jetzt, dass sie nicht so stark erregt war, als dass sie es vergessen hätte. Das bedeutete, dass ich meiner Aufgabe nicht gut genug nachkam, weshalb ich meine Hüften nach oben stieß und meine Schwanzspitze gegen ihren Muttermund drückte.

Ihre Augen weiteten sich und sie schrie auf.

„Beweg dich, Liebling", drängte ich sie.

Daraufhin gehorchte sie und bewegte ihre Hüften langsam in kleinen Kreisen. Ich unterstützte sie, indem ich ihre Hüften packte und sie auf meinem Schwanz hob und senkte, damit sie die verschiedenen Arten, auf denen sie sich bewegen konnte, kennenlernte. Sie war leidenschaftlich genug, um zu erkennen, was sich gut anfühlte und bewegte sich dementsprechend. Ihre Hände rutschten zu meinen Schultern und ihr Kopf fiel zurück, wodurch sie mir erlaubte, an der feuchten Haut ihres Halses zu lecken und zu saugen. Ihre Bewegungen sorgten dafür, dass sich meine Hoden zusammenzogen und mein Orgasmus heranrauschte. Mit aller Kraft konnte ich mich gerade noch davon abhalten, ihre Hüften zu packen und sie hart zu vögeln, bis ich kam. Dies war ihre Zeit, um ihre Lust zu erforschen, um zu lernen, wie sie meinen Schwanz reiten konnte. Oh, ich würde ihr hier und da die Kontrolle überlassen, aber wenn wir im Schlafzimmer waren – oder wo auch immer ich sie vögeln würde – würde ich führen. Ich würde ihren Körper und Seele dominieren.

Ihre Bewegungen waren langsam und rhythmisch gewesen, aber sie wurden schnell fahriger und verzweifelter. Ihre Finger gruben sich so fest in meine Schultern, dass ich mir sicher war, ich würde dort später Abdrücke haben. „Jackson", flehte sie, während sich ihre Brüste mit den Bewegungen hoben und senkten.

„Was ist los, Liebling?", fragte ich mit zusammengebissenen Zähnen.

„Ich weiß nicht wie. Es ist zu viel. Zeig es mir", bettelte sie.

Ich griff zwischen unsere vereinten Körper und rieb über ihren Kitzler. Ihre Augen klappten auf und sahen in meine. „Ja", flehte sie. Ich beobachtete, wie ich sie immer näher zu ihrem Höhepunkt brachte. Ich erkannte, als sie ihn erreichte, da ihre Pussy meinen Schwanz drückte und um ihn kontrahierte, als ob sie versuchen würde, ihn noch tiefer in sich zu ziehen. Vielleicht tat sie das auch, denn als sie meinen Namen schrie, stöhnte ich im Gegenzug ihren und mein Samen ergoss sich in sie, während das Vergnügen durch meine Adern strömte. Ich war mir nicht sicher, wie ich auf der Ranch noch irgendwelche Aufgaben erledigt kriegen würde, da ich niemals irgendwo anders sein wollte, als tief in meiner Frau vergraben.

* * *

HAYCINTH

Ich wachte im Dunkeln auf. Nur das graue Licht des Mondes, das an die Wände schien, erhellte den Raum und ich war völlig verwirrt. Ich wusste nicht, wo ich war. Das Fenster, das sich normalerweise rechts von meinem Bett befand, war nicht da, sondern stattdessen auf der linken Seite. Mein Bett war weicher als üblich und mir war viel zu warm. Als ich versuchte, die schwere Decke wegzuschieben, bemerkte ich, dass keine Decke um mich gewickelt war, sondern eine Person. *Jackson.*

Wir waren in dem Haus, das er sich mit seinem Vater teilte, aber wir waren allein hier. Big Ed hatte Jackson versichert, dass es ihn nicht störte, bei den anderen Männern zu wohnen, bis wir unser eigenes Haus gebaut hatten. Dessen Bau würde, nach dem Eifer zu schließen, den mein Mann für mich an den Tag legte, sofort beginnen. Er hatte sogar gesagt, er hoffe, den Großteil gebaut zu haben, bevor das Wetter kalt wurde. Ich musste lediglich eine Stelle für den Bau aussuchen.

Ich hatte nie wirklich von meinem eigenen Heim geträumt, hatte mir nie vorgestellt, dass das überhaupt möglich wäre. Ich war so fest entschlossen gewesen, unglücklich zu bleiben und nach der Flut und Janes Tod jegliche Freude aus meinem Leben zu verbannen, dass ich die Möglichkeit eines Ehemannes ganz und gar ausgeschlossen hatte. Dann war Jackson auf der Bildfläche erschienen und hatte alles verändert. In einem Tag hatte er meine unsichtbaren Barrieren niedergerissen und meine tiefsten, dunkelsten Geheimnisse aufgedeckt. Und trotzdem schien er mich noch zu wollen. Mich wollen? Er schien unersättlich, wenn es um mich ging.

In der Dunkelheit grinste ich über seine Aufmerksamkeit und darüber, was wir gemeinsam getan hatten. Er hatte mir bewiesen, dass die Flut ein schrecklicher Unfall gewesen war und dass ich mein Leben in Angst verbracht hatte. Ich hatte nie wieder zu der Biegung im Bach zurückkehren wollen, an der alles passiert war, aber Jackson hatte mich gezwungen, zu dieser Stelle zu gehen. Dort hatte er mich dann gut mit seinen Händen, Mund und äußerst erigiertem Schwanz abgelenkt. Wie könnte ich seinen Bemühungen auch widerstehen? Ich hatte auf jeden Fall an nichts anderes denken können als an das, was er mit mir getan hatte. Ich hatte keine Ahnung, ob ich zu der Badestelle zurückgehen würde, aber meine Angst davor hatte sich zumindest verringert. Er hatte recht behalten. Ich hatte jetzt ganz andere Erinnerungen an diese Stelle. Er hatte mich dort zum ersten Mal genommen. Er hatte sein Gesicht zwischen meinen Schenkeln vergraben und mich zum Höhepunkt gebracht. Ich hatte mich rittlings auf ihn gesetzt und ihn geritten. Ich war wild und hemmungslos gewesen.

Ich lag auf meiner Seite, während sein Arm über meiner Taille lag und seine Hand meine Brust umfasste. Nicht einmal heute Morgen, als die Sonne aufgegangen war, hatte ich mir träumen lassen, dass ich noch am Abend nackt im Bett mit Jackson liegen würde. Mein Rücken drückte gegen seine Brust, sodass wir wie zwei Löffel in einer Schublade dalagen, und ich genoss seine Umarmung. Er ächzte und seine Hand zog sich leicht zusammen, dann entspannte sie sich. Das hatte mich aus dem Schlaf gerissen, seine Unruhe. Unsere Haut war dort, wo sie sich berührte, feucht, als ob er schwitzte. Er stöhnte wieder und murmelte etwas, das ich nicht verstand.

Langsam drehte ich mich in seinen Armen, um ihn anzusehen. Jacksons Gesicht wurde vom sanften Leuchten des Mondes erfasst und selbst in der Dunkelheit konnte ich erkennen, dass sein Kiefer angespannt war und ihm Schweißperlen auf der Stirn standen.

„Nein!", schrie er.

Er hatte einen Albtraum.

„Jackson", flüsterte ich. Nichts. Ich wiederholte seinen Namen, aber lauter. Immer noch nichts. Dann legte ich meine Hand auf seine feuchte Schulter und schüttelte ihn.

Er schreckte aus dem Schlaf, saugte scharf Luft ein und seine Augen öffneten sich langsam. „Hyacinth?", fragte er unsicher.

„Du hast geträumt", antwortete ich. Ich musste ihm nicht erzählen, dass es ein Albtraum gewesen war, falls er sich nicht daran erinnerte.

Er rieb sich mit einer Hand übers Gesicht und atmete aus.

Fluchend setzte er sich auf den Bettrand und kehrte mir seinen Rücken zu.

„Ist alles in Ordnung?", erkundigte ich mich, während ich besorgt meine Unterlippe zwischen die Zähne zog.

„Es ist alles in Ordnung, Liebling. Schlaf weiter." Seine Stimme war bedrückt, schroff.

Unsicher, was ich tun sollte, krabbelte ich über das Bett und schlang meine Arme um seinen Hals, drückte meinen Körper an ihn. Ich sog seinen Duft ein, den ich jetzt als pur Jackson erkannte, und küsste seinen Hals. Seine Hand hob sich und legte sich auf meinen Unterarm. „Nicht ohne dich."

„Ich werde jetzt nicht schlafen, Liebling. Du brauchst deine Ruhe."

„Passiert das öfters?", fragte ich zögerlich.

Er nickte. „Oft genug. Ich habe in der Armee schlimme Dinge getan, Hyacinth. Du bist mit jemandem verheiratet, der getötet hat. Das verfolgt mich."

Ich seufzte an seinem Rücken, da ich das Elend in seiner Stimme hörte. Ich fragte mich, ob ich die erste Person war, die ihn nach einem Albtraum in den Armen hielt. Ich hoffte es, da mich bei dem Gedanken, dass er von einer anderen Frau getröstet wurde, ein kurzer Anflug von Eifersucht überkam.

„Ich habe keine Angst vor dir. Hast du es aus freien Stücken getan oder hast du Befehle ausgeführt?"

„Befehle."

„Dann hast du nur deinen Job gemacht", erwiderte ich.

„Ich war ein Scharfschütze. Mein *Job* war das Töten."

Ich schwieg, während ich über die Art Mann nachdachte, den ich geheiratet hatte. Scharfschützen befehligten keine Männer. Sie arbeiteten nicht in einer Gruppe. Sie erschossen Leute und das war's. Kein Wunder, dass er davon verfolgt wurde. „Das liegt jetzt in der Vergangenheit. Dein Leben in der Armee liegt hinter dir und es erleichtert mich, zu wissen, dass du mich vor wilden Tieren beschützen kannst."

Er drehte seinen Kopf, um mich über seine Schulter in der Dunkelheit anzuschauen. „Wie ich bereits sagte, ich werde jetzt nicht schlafen. Vielleicht möchtest du ja ein wenig Platz im Bett. Es ist immerhin die erste Nacht, in der du dir eines teilst", entgegnete er. Er machte Anstalten, sich zu erheben, aber ich zog ihn wieder nach unten.

„Ja, genau. Es ist die erste Nacht, in der ich mir ein Bett teile, und ich will dich bei mir *im* Bett haben. Ansonsten bringst du mich um diese Nacht." Ich spreche mit leisem Ton, ruhiger und schmeichelhafter Stimme, versuche ihn, von seinem bösen Traum und seiner Vergangenheit weg und stattdessen zurück zu mir zu locken.

„Das willst du also von einem Ehemann – dass er dir das Bett wärmt?"

„Ist das nicht das, was du von einer Ehefrau wolltest?", konterte ich.

Da drehte er sich um, stellte ein Knie auf das Bett, damit er mich leichter anschauen konnte. „Absolut. Bis jetzt ist das einer der besten Teile des Verheiratetseins."

„Oh?", fragte ich, während ich mit meinem Finger seinen sehnigen Arm hinab streichelte. „Wir haben noch nichts im Bett *gemacht*. Nur draußen am Bach."

„Du bist zu wund, als dass ich dich so bald schon wieder vögeln könnte. Habe ich dich etwa vernachlässigt, Liebling?"

Ich zuckte mit den Achseln, während sich mein Körper recht schnell für die Idee erwärmte, dass er mir die gleiche Lust, wie er sie mir vorhin bereitet hatte, erneut verschaffen würde.

„Du hast angedeutet, dass mit mir im Bett zu sein, nur *einer* der besten Teile sei. Was sind die anderen?" Ich fuhr mit meinem Finger über die Nähte der Patchworkdecke.

Sein tiefer Tonfall, seine autoritäre, dominante Stimme

war zurückgekehrt und ließ Gänsehaut auf meiner Haut ausbrechen. Es war unglaublich, wie stark ich allein auf seine Stimme reagierte. „Zeig es mir. Zeig es mir unbedingt."

* * *

„Möchtest du deine Familie besuchen?", erkundigte sich Jackson. Wir lagen im Bett, die Sonne stand hoch am Himmel, aber keiner von uns hatte auch nur irgendetwas annähernd Produktives getan, seit wir aus Gewohnheit mit der Sonne aufgewacht waren. Das hier waren unsere Flitterwochen, dieses Alleinsein in dem kleinen Haus. Keine Pflichten, keine Rinder, keine Schwestern. Nichts. Nur Jackson, der mich mit seinem Kopf zwischen meinen Schenkeln aufweckte. Obwohl er seinen Mund zuvor schon auf mich gelegt hatte, war es ziemlich neu für mich, dazu aufzuwachen, dass mein Körper kurz vorm Höhepunkt stand. Seine Barthaare hatten über die empfindsame Haut meiner Innenschenkel gekratzt. Das störte mich überhaupt nicht.

Tatsächlich hatte ich ihn zwei Stunden später mit meinen Händen um seinen Schwanz aufgeweckt. Er war gerade wachgeworden, als ich meinen Kopf hinabgebeugt hatte, um mit meiner Zunge über den Schlitz an der Spitze zu lecken, denn ich war begierig, die klare Flüssigkeit, die dort hervortrat, zu schmecken. Im Anschluss nahm er sich Zeit, mir zu erzählen, was ihm gefiel und wie ich ihn tief in meine Kehle aufnehmen konnte. Ich genoss seine Lustlaute, die Art, wie sich seine Hände in meine Haare wühlten und mich entweder an Ort und Stelle hielten oder mich führten, um mir zu zeigen, was er mochte.

Auch wenn ich am Vortag die Kontrolle gehabt hatte, als ich seinen Schwanz geritten hatte, war das doch recht anders gewesen. Jackson hatte sich ganz in dem verloren, was ich mit ihm getan hatte und das hatte sich sehr machtvoll angefühlt. Als sein Schwanz in meinem Mund angeschwollen war und er tief in mich gestoßen und ich seinen Samen meine Kehle hinabgleiten gespürt hatte, hatte ich eine seltsame Freude darüber empfunden, dass ich ihm solch gute Gefühle bereiten konnte. War es für ihn genauso gewesen?

Jetzt stand schmutziges Geschirr auf dem Tablett am Boden neben dem Bett, da wir unser Mittagessen nackt auf der Decke eingenommen hatten. „Meine Familie? Du willst über meine Familie reden, während wir nackt sind?" Ich wollte momentan nicht einmal an sie denken.

Er zuckte mit den Achseln und sein Mundwinkel bog sich nach oben. „Ich will nicht, dass du Heimweh bekommst."

Ich wusste nicht, wie ich auf diese Aussage antworten sollte, da sie stimmte. Ich konnte mich kaum an eine Zeit erinnern, an der ich nicht mit mindestens einer meiner Schwestern zusammen gewesen war. Ich war *nie* allein. Ich hatte allerdings auch noch nie zuvor einen Mann ganz für mich allein gehabt. Vielleicht würde ich sie irgendwann vermissen, aber nicht jetzt. Außerdem waren sie nur einen Spaziergang von fünf Minuten entfernt.

Hatte er die Nase voll von mir? Wollte er, dass ich für einige Zeit ging, weil er genug von mir hatte? Ich wandte den Blick ab, da ich Angst hatte, er könnte die Sorgen auf meinem Gesicht entdecken. Brauchte ein Ehemann Zeit getrennt von seiner Frau, selbst nach weniger als einem Tag? War das normal? Mangelte es mir an etwas?

„Jackson, wenn du gehen musst und dich um deine Aufgaben kümmern oder falls du Zeit für dich brauchst, dann verstehe ich das. Ich meine, ich war noch nie zuvor verheiratet und weiß nicht genau, wie das laufen soll, aber ich bin mir sicher, ich kann mich in dem verbessern, was auch immer du denkst, dass ich – "

„Stopp." Seine Stimme glich fast schon einem Bellen, tief und grollend.

Deswegen schaute ich überrascht zu ihm hoch.

„Du tust es schon wieder."

Ich runzelte die Stirn.

„Du denkst, du würdest nicht genügen."

„Ich hab nie gesagt – "

„Nicht mit diesen Worten. Das nächste Mal, wenn du das tust, werde ich dich übers Knie legen."

Mein Mund klappte auf. Er würde mir den Hintern versohlen?

„An dir ist nichts verkehrt", fuhr er fort. „Das Gegenteil ist der Fall. Ich sitze hier drüben und versuche mein Verlangen, dich wieder zu berühren und tief in dich einzudringen, zu kontrollieren. Ich will dich nicht mit meinem Eifer überwältigen. Also wenn *du* eine Pause von *mir* und meiner nie enden wollenden Leidenschaft brauchst, dann bringe ich dich gerne zum großen Haus."

Mein Mund klappte auf. „Du willst mich wieder?"

Er schob die Laken von seinen Hüften, um mir seinen erigierten Schwanz zu präsentieren. Er ragte empor und neigte sich zu seinem Bauch, aus der Spitze quoll schon wieder die klare Flüssigkeit, von der ich wusste, dass sie salzig schmeckte. „Ich weiß nicht, ob das normal ist oder nicht, Liebling, aber es ist mir egal. Ich will dich wieder schmecken."

Ich lächelte ihn an. „Du kannst mich jederzeit küssen, Jackson, wann immer du willst."

„Nicht deinen Mund. Deine Pussy." Mit diesen Worten warf er mich auf den Rücken, spreizte meine Beine und vergrub sein Gesicht zwischen ihnen.

Oh war alles, was ich daraufhin erwidern konnte.

9

Hyacinth

Jackson ließ mich zwei Tage lang nicht aus dem kleinen Haus. In dieser Zeit hatten wir mehr nackte Dinge gemacht, als ich mir jemals hätte ausmalen können. Der einzige Grund dafür, dass er mir jetzt half, mein Kleid anzuziehen – das Kleid, das ich zur Hochzeit getragen hatte – war, dass jemand an die Tür geklopft hatte. Wir hatten es ignoriert, aber es war das Zeichen, dass wir in die Welt außerhalb seines Schlafzimmers zurückkehren mussten. Es musste Iris oder Dahlia, vielleicht sogar Poppy, gewesen sein. Wir hatten sie alle mit der Hochzeit überrascht und sie dann kurz danach gleich wieder verlassen, sodass sie es höchstwahrscheinlich kaum erwarten konnten, mich in die Enge zu treiben und nach Details auszuquetschen. Zwei Tage der Stille waren sogar ziemlich beeindruckend, wenn man ihre nicht vorhandene Geduld bedachte. Ich nahm an, dass Miss

Trudy ihnen befohlen hatte, sich von uns fernzuhalten, aber das hielt auch nicht unendlich an.

„Ich sollte sie alle quälen, indem ich zuerst Rose besuche", erzählte ich Jackson. Ich saß am Bettrand, um in meine Schuhe zu schlüpfen. Er rasierte sich am Waschtisch und sah mich im Spiegel an. Ich wusste, wie sich diese Bartstoppeln anfühlten und ich würde sie vermissen, obwohl schon sehr bald neue nachwachsen würden. „Aber das werde ich nicht."

„Möchtest du, dass ich mit dir reite, damit du sie nachher besuchen kannst?"

Ich sah hoch. „Rose? Das würde mir gefallen. Vielleicht kannst du auch zum großen Haus mit mir kommen."

Er hielt inne, der Rasierer schwebte neben seinem seifigen Kinn. „Ich glaube nicht, dass es dort sicher für mich ist."

Ich lachte. „Du denkst, meine Schwestern werden dich verprügeln?"

Er grinste und widmete sich wieder seiner Aufgabe. „Sie werden mich befragen und vielleicht weinen, weil ich nicht mehr für ihre Aufmerksamkeiten verfügbar bin."

Ich verdrehte die Augen. „Du bist wirklich sehr von dir selbst eingenommen."

Er schüttelte langsam den Kopf und seine Augen verdunkelten sich. Ich kannte diesen Blick. „Noch vor kurzem warst du sehr von *mir* eingenommen."

Ich schürzte die Lippen, aber mir fiel keine geistreiche Antwort ein, da er recht hatte. Ich war empfindlich und immer noch ein wenig wund von all seinen Zuwendungen. Aber sein Samen, der langsam aus mir tropfte, war die Erinnerung daran, was er getan hatte und wo er gewesen war.

„Ich werde einen Kompromiss schließen", verkündete er, während er sich das Gesicht mit einem sauberen Handtuch abwischte. „Ich werde zu meinem Vater gehen und mich erkundigen, ob er Hilfe braucht, während du sie besuchst. Nach einer Stunde werde ich kommen und dich retten."

Ich erhob mich und strich mein Kleid nach unten. „Das sollte gut passen, da ich auch einige Kleider einpacken muss und deine Hilfe dabei brauchen werde."

Zwanzig Minuten später betrat ich allein die Küche des großen Hauses. Das Frühstück war schon Stunden zuvor verspeist worden, aber Miss Esther stand am Herd und rührte in dem Topf für das Mittagessen. Es roch stark nach Eintopf. Sie drehte sich beim Knarzen der Tür um.

„Haben dir die Mädchen einen Besuch abgestattet?" Sie war die Jüngere der zwei Schwestern, die uns Mädchen adoptiert hatten. Wohingegen Miss Trudy sanft und ruhig war, sagte Miss Esther offen ihre Meinung und sorgte für Ordnung. Miss Trudy war in keiner Weise ein Schwächling, aber ihre Art der Überredungskunst war sehr viel subtiler. Miss Esther sagte einfach, was sie dachte.

„Das haben sie, aber wir haben das Klopfen ignoriert."

Sie spitzte die Lippen und wandte sich wieder ihrem Topf zu. „Ich wusste, dass dein Mann klug ist."

Das war wahrscheinlich das einzige Kompliment, das ich von ihr erhalten würde.

„Es ist furchtbar ruhig", merkte ich an, während ich durch die Tür ins Esszimmer spähte, das leer war.

„Hyacinth ist hier!", rief Miss Esther, was mich erschreckte.

Fußgetrappel erklang von oben. Gekreische und Rufe nach mir waren die Antwort. Ich musterte Miss Esther aus schmalen Augen. „Jetzt ist es nicht mehr ruhig", flüsterte ich mehr zu mir selbst. In weniger als einer Minute war ich umzingelt und wurde mit Fragen bombardiert.

Warum hast du uns nicht erzählt, dass ihr heiraten wolltet? Wohin seid ihr gegangen? Habt ihr zusammen Dinge gemacht, wie es Miss Trudy behauptet hat? Hat es wehgetan? Sieht er ohne seine Kleider genauso gut aus?

Ich hatte keine Ahnung gehabt, dass sie wussten, was zwischen einem Mann und einer Frau ablief, aber sie wussten auf jeden Fall, welche Fragen sie stellen mussten. Vor drei Tagen hätte *ich* nicht gefragt, ob das erste Mal Ficken wehtat. Vor drei Tagen hätte ich nicht einmal in Erwägung gezogen, an das Wort 'Ficken' zu *denken*. Jackson hatte mich verändert und damit meinte ich nicht nur meine Entjungferung.

Als sie ein wenig Dampf abgelassen hatten, antwortete ich: „Ich wusste nicht, dass er um meine Hand anhalten würde. Wir wohnen in dem Haus, das sich Jackson mit Big Ed teilt, bis er uns ein eigenes Haus bauen kann und die Antworten auf den Rest eurer Fragen müsst ihr selbst herausfinden, wenn ihr einen eigenen Ehemann habt."

Da betrat Miss Trudy die Küche, betrachtete mich prüfend und lächelte mich anschließend sanft an. „Möchtest du einen Kaffee?"

„Ja, Dankeschön." Ich holte zwei Tassen und lief zu ihr zur Kaffeekanne, die immer auf dem Herd stand. Sie goss ein und ich setzte mich an den Tisch.

Marigold und Poppy hatten das Zimmer verlassen, während die anderen sich entweder an den Tisch setzten oder dastanden und mich beobachteten. Sah ich anders aus? Ich hatte doch sicherlich keine Male, die man sehen konnte. Auf meinem Innenschenkel war ich gerötet von Jacksons Bartstoppeln und ich hatte ein rotes Mal an meiner Brust, an der Jackson gesaugt hatte. Er war sehr zufrieden gewesen, als er das Mal entdeckt hatte, aber es war an einer Stelle, von der nur wir zwei wissen konnten.

Mit Sicherheit war keines an meinem Hals. Ich führte meine Hand nach oben, aber wusste, dass das nichts war, das ich spüren konnte.

„Ich hoffe, Mrs. Morne hat mich beim Mittagessen nach der Kirche nicht vermisst", sagte ich.

Miss Trudy lächelte. „Du hattest eine sehr gute Entschuldigung."

Ich griff nach der Zuckerschüssel.

„Big Ed sagt, dass ihr beabsichtig, euer eigenes Haus zu bauen", meinte Miss Esther, wobei sie über ihre Schulter blickte.

„Wir haben darüber gesprochen. Ich muss nur noch eine Stelle auswählen."

„Dir hat es auf dem Hügel immer gefallen", kommentierte Miss Trudy, dann trank sie einen Schluck Kaffee.

Es gab einen kleinen Hügel, der den Bergen zugewandt war und den ich immer gemocht hatte, vielleicht weil er weit weg vom Bach war. Ich würde Jackson dorthin bringen müssen, um herauszufinden, was er von dieser Stelle hielt, da sie ziemlich abgelegen lag.

„Ich habe gehört, dass gestern ein Mann vom Militär hier zu Besuch war."

„Oh?" Das war neu für mich.

„Du wirst uns nichts darüber erzählen, wie es ist, verheiratet zu sein, Hyacinth?", fragte Iris und unterbrach uns.

Iris, Dahlia und Lily saßen erwartungsvoll am anderen Ende des Tisches.

„Ich mag es sehr gerne", erwiderte ich.

„Das ist alles?", entgegnete Dahlia mit enttäuschter Stimme.

„Hat euch Rose mehr als das erzählt?", konterte ich.

Alle drei schüttelten die Köpfe.

„Warum erwartet ihr dann, dass *ich* mehr erzähle?"

„Weil du *du* bist", antwortete Iris.

„Genau", stimmte Lily zu und nickte mit dem Kopf.

Ich wusste nicht, was sie damit meinten, also sagte ich nichts.

„Wenn du schon nichts erzählen willst, kannst du dann einen Knopf an mein Kleid nähen?"

Ich war überrascht von der Frage. Nein, die Frage war nicht überraschend, aber meine Reaktion darauf war es. In der Vergangenheit hatte ich einfach bei allem geholfen, worum sie mich gebeten hatten, ohne auch nur ein zweites Mal darüber nachzudenken. Jetzt konnte ich wählen. Ich wollte keinen Knopf annähen. Ich wusste sehr gut, dass Dahlia das selbst tun konnte. Sie hatte mich, genau wie die anderen, nur ausgenutzt – und ich hatte es zugelassen.

„Nein, es tut mir leid. Jackson wird bald hier sein, um mir dabei zu helfen, meine Sachen rauszutragen. Ich bin mir sicher, du schaffst es auch ohne mich."

Dahlia sah verblüfft aus, dann stand sie vom Tisch auf und stürmte davon. Sie verhielt sich mehr wie eine Fünfjährige als wie eine Frau von zwanzig Jahren. Iris und Lily lächelten verhalten und folgten ihr. Ich war eindeutig doch nicht so interessant. War ich das jemals gewesen?

„Sie sind erpicht auf Tratsch", erklärte Miss Trudy. „Bist du glücklich?"

Ich errötete bei ihrer Frage und nickte leicht. Sie fragte nicht nach Details, sondern war nur um mein Wohlergehen besorgt, wie es eine Mutter sein sollte. „Was ist mit dem Besucher? Er war von der Armee?"

Miss Esther schob einen Haufen gewürfelter Kartoffeln in den Topf und rührte den Inhalt um, bevor sie sich zu uns setzte. „Ich hab ihn nicht gesehen, aber Big Ed hat ihm aufgelauert, bevor er zu eurem Haus kommen konnte. Ich denke, er war wegen Jackson hier."

„Um ihn mitzunehmen?", fragte ich leicht panisch. Ich war erst seit zwei Tagen verheiratet. Ich konnte es nicht gebrauchen, dass mein Ehemann weggeschickt wurde.

Sie zuckte mit den Achseln. „Ich weiß nur, dass er nicht lange geblieben ist und zurück in die Stadt gegangen ist." Sie schnappte sich eine der Stoffservietten, die in einem Haufen auf dem Tisch lagen, und begann sie zu falten.

Ich erhob mich und stellte meine Tasse neben das Waschbecken. „Ich werde ein paar Dinge einpacken."

Jackson fand mich fünfzehn Minuten später in meinem Zimmer. Er musterte die hellgelben Wände, die hellen Vorhänge und meine lavendelfarbene Decke auf dem Bett. Er war so groß, so hochgewachsen, dass mein Zimmer im Vergleich sehr klein wirkte. Ich hatte einen kleinen Stapel mit meinen Kleidern errichtet und setzte mich neben ihn.

„Was ist das?", fragte er und hob einen meiner Schlüpfer hoch. Ich riss ihn ihm aus der Hand und verbarg ihn hinter meinem Rücken.

„Du weißt sehr genau, was das ist", entgegnete ich, während meine Backen heiß wurden.

Er grinste auf mich hinab und nahm lediglich einen weiteren von dem kleinen Stapel. Diesen hielt er nach oben, sodass ich ihn nicht aus seiner Hand reißen konnte. „Warum packst du die ein?"

„Weil es meine Schlüpfer sind und ich sie brauche." Ich schnappte mir den Rest des Stapels und legte ihn mir auf den Schoß.

Jackson schüttelte langsam den Kopf. „Du brauchst keine Höschen, Liebling."

„Aber – "

„Trägst du jetzt eines?"

Da das Fenster geöffnet war, trug die Brise seinen sauberen Duft zu mir.

„Natürlich."

Er fuhr fort, seinen Kopf zu schütteln. „Zieh es aus."

„Das werde ich nicht tun."

Er wölbte eine Augenbraue, dann ging er zur Tür und schloss sie. Ich wusste, dass Daisy und Marigold als Teil ihrer Pflichten gerade das Bad putzten. Dahlia war nach meiner

Knopf-Antwort in ihrem Zimmer verschwunden und hatte die Tür schnaubend zugeknallt. Die anderen waren auch irgendwo in der Nähe. Das bedeutete, dass wir zwar allein in diesem Zimmer waren, aber wir waren nicht *völlig* allein.

Als er sich mir wieder zuwandte, ergriff er meine Hand und zog mich auf die Füße, wodurch der Stapel auf meinem Schoß zu Boden fiel. Mit weniger Zärtlichkeit, als ich es gewöhnt war, drückte er mich gegen die Wand. Meine Hände pressten sich gegen den kühlen Putz neben meiner Wange.

„Jackson", keuchte ich.

Seine Hände krochen meine Beine hinauf unter mein Kleid, schoben den Stoff aus dem Weg, bis er an dem Band meines Schlüpfers ziehen und ihn zu Boden rutschen lassen konnte.

Er beugte sich nah zu mir, sodass sein Körper meinen fixierte. Ich konnte jeden harten Zentimeter von ihm an meinem Rücken spüren, sein steifer Schwanz drückte gegen meinen Hintern.

„Keine Höschen, Liebling", flüsterte er mir ins Ohr, wobei sein warmer Atem über meinen Hals strich. Er knabberte an meinem Ohrläppchen, bevor er mich auf die sehr empfindliche Stelle direkt dahinter küsste. Das war nicht der Jackson, an den ich gewöhnt war. Er war harscher, bestimmter. Das gefiel mir.

„Warum?", wollte ich wissen, als ich die kühle Luft zwischen meinen Beinen spürte.

„Weil ich Zugang zu dem hier haben möchte." Seine Finger glitten über meine Pussy und ich stöhnte. Er legte sanft seine andere Hand über meinen Mund, um mich zum Schweigen zu bringen. „Schh", gurrte er, während er entdeckte, wie feucht ich war. „Du willst doch nicht, dass deine Schwestern hören, wie du von deinem Ehemann gefickt wirst."

Seine Stimme war ein tiefes Knurren. Ich konnte nur nicken, woraufhin er seine Hand senkte und ich spürte, dass er seinen Hosenschlitz öffnete. Kurz darauf glitt ein Finger in mich und fickte mich genau so, wie es sein Schwanz schon bald tun würde.

Ich presste meine Lippen fest aufeinander, um die Laute der Lust, die mir seine Berührung entlockte, für mich zu behalten.

„Du bist normalerweise so ein lautes kleines Ding. Es wird so schwer für dich werden, leise zu sein." Jacksons Stimme war kaum mehr als ein Wispern. Er zog seine Hand von meiner Pussy und legte sie auf meine Hüften, um mich zu sich zu ziehen, sodass ich an der Taille leicht gebeugt war und meine Hände gegen die Wand drückten. Ich fühlte mich leer und sehnte mich danach, dass er seinen Schwanz in mich stieß. Er hatte meinen Körper darauf trainiert, gierig nach ihm zu sein und ich würde mich nicht beschweren. Was auch immer ihn erregte, erregte auch mich.

Als ich über meine Schulter blickte, liebte ich, was ich dort sah. Jacksons Gesicht war vor überschäumender Leidenschaft ganz verkniffen, seine Lippen rot, seine Wangen gerötet. Sein Kiefer war angespannt, an seinem Hals traten die Muskeln hervor. Er war vollständig bekleidet, nur sein wütender Schwanz stand von seinem Körper ab. Ich hatte nie einen virileren oder männlicheren Anblick als in diesem Moment gesehen. Es wurde sofort heiß im Raum und ich entspannte mich und wurde in Vorbereitung auf das, was auch immer er mit mir tun würde, weich.

Er umfasste die Wurzel seines Schwanzes und streichelte ihn einmal, dann ein zweites Mal, bevor er ihn an meine Öffnung führte. Ich war daran gewöhnt, dass er sich Zeit ließ und langsam in mich glitt, damit ich Zeit hatte, mich an ihn zu gewöhnen, mich um seine riesige Größe zu dehnen. Nicht jetzt. Er drang mit einem langen Stoß bis zum Anschlag in mich. Ich stöhnte und er legte seine Hand wieder auf meinen Mund, um die Laute, die ich nicht zurückhalten konnte, zu dämpfen.

Er fickte mich grob, so wie er wollte und ich konnte mich nur ergeben. Obwohl er mich hart nahm, tat er es auf eine Weise, die leise war, nur die Geräusche meiner Feuchtigkeit füllten das Zimmer. Ich hörte, dass im Flur jemand an uns vorbeilief, aber diejenige stoppte nicht. Genauso wenig wie Jackson. Er machte sich keine Sorgen, dass jemand hereinkommen würde. Die Tür hatte kein Schloss, es gab nichts, das eine meiner Schwestern davon abhalten würde, hereinzukommen und mit eigenen Augen zu sehen, was in einer Ehe vor sich ging. Die Vorstellung etwas so Intimes, so Geheimes in der Nähe aller anderen zu tun, stieß mich über die Klippe. Ich konnte meine Lust nicht zurückhalten, vor allem nicht weil Jackson sie mir mehr oder weniger aufzwang.

Eine Hand glitt über meinen unteren Rücken und tiefer, noch tiefer, bis ein Finger über die verbotenste aller Stellen strich. „Hier, Hyacinth. Eines Tages werde ich dich hier nehmen."

Das Gefühl seiner Berührung dort war…unglaublich. Allein das Streichen und der Stups seines Fingers war so verboten, so verrucht, dass es sich anfühlte, als würde ein Blitz durch meinen Körper gejagt.

„Du wirst es lieben, wenn mein Schwanz deinen Arsch fickt. Ah, ja, du drückst mich so fest. Gefällt dir die Vorstellung?"

Ich konnte mich nicht zurückhalten, da das Vergnügen zu groß war, seine Worte so verdorben, dennoch berauschend. Er ging nicht sanft oder zurückhaltend mit mir um. *Jeder* behandelte Hyacinth Lenox zurückhaltend. Aber diese Person war ich nicht mehr. Ich war Hyacinth Reed und ich wollte genau das, was Jackson erzählt hatte. Alles miteinander – genommen zu werden, während nur eine Tür mich und meine Familie trennte; sein Finger an meinem Hintereingang; grob erobert zu werden – brachte mich zum Höhepunkt.

Mein Schrei wurde von Jacksons Hand gedämpft, während ich seinen Schwanz drückte. Als ich das tat, spürte ich, wie er anschwoll und dicker wurde, kurz bevor er sich hinter mir versteifte. Wie er so leise sein konnte, während er kam, war mir schleierhaft, aber ich konnte seinen Samen heiß und tief in mir fühlen.

Er entfernte seine Hand von meinem Mund und drückte sie stattdessen neben meinem Kopf an die Wand. Sein Körper lehnte sich an mich, während wir um Atem rangen.

„Du hast mich gefragt, was ich möchte", flüsterte ich, dieses Mal nicht, um leise zu sein, sondern weil ich noch keine Stimme hatte.

Er machte ein Geräusch und ich deutete das als Antwort. „Ich mache mir nichts aus einem Haus oder einer Ranch. Ich will nur eines."

Er küsste meinen verschwitzten Hals. „Was ist das, Liebling?"

„Ein Baby. Ich will ein Baby."

Das wünschte ich mir. Aus ganzem Herzen. Ich hatte mich nur damit abgefunden, dass ich nie selbst eines haben würde und stattdessen meinen Schwestern dabei helfen würde, ihre aufzuziehen. Das wäre aber nicht vergleichbar mit meinem eigenen Baby, einem, das ich ausgetragen hatte und das meines war. *Meines* und Jacksons.

Er erstarrte hinter mir und ich machte mir Sorgen, dass das vielleicht nichts war, nach dem er sich genauso sehnte wie ich. Roses erste Priorität war immer die Leitung einer Ranch gewesen, keine Kinder. Sie war nicht der mütterliche Typ, aber ich nahm an, wenn die beiden auch nur annähernd so gierig nach einander waren wie Jackson und ich, dass sie schon bald schwanger sein würde, wenn sie es nicht sogar schon war.

„Jackson, ich – "

Bevor ich ihm sagen konnte, dass es egal war, falls er kein Interesse daran hatte, Vater zu werden, ergriff er mich an der Taille, während er sich aus mir zog und uns herumdrehte, sodass er auf meinem Bett saß und ich seitlich auf seinem Schoß. Er hob mein Kinn an. „Wirklich?"

Er sah begeistert und ernst und hoffnungsvoll aus, seine blauen Augen hefteten sich auf meine und blickten suchend in sie.

Ich nickte.

„Du hast so viele Schwestern, dass ich dachte, du würdest nicht noch mehr Geschrei und Gejammer wollen, als du bist jetzt hast ertragen müssen. Aber so oft wie wir gefickt haben, stehen die Chancen auf ein Baby recht gut."

Ich biss auf meine Lippe, als ich Dahlia im Flur Lily anschreien hörte.

„Sie sind erwachsen. Ich will einen kleinen Jungen, der aussieht wie du. Helle Haare und Augen."

„Einen Jungen?" Er schüttelte den Kopf. „Ich will ein kleines Mädchen mit dunklen Haaren wie deine. Süß und vielleicht ein kleines bisschen frech."

Etwas formte sich in meiner Brust, Hoffnung und Sehnsucht und Liebe. Liebe für ein Baby, das noch nicht einmal existierte, Liebe für einen Mann, der gewillt war, mir alles zu geben, was ich jemals gewollt hatte.

„In Ordnung", erwiderte ich.

Mit einer Hand auf meiner Brust drückte er mich auf den Rücken, sodass ich auf dem Bett lag, meine Hüften nach wie vor über seinen Schenkeln. Es war eine merkwürdige Position und ich runzelte die Stirn. „Was machst du?"

Er packte den Saum meines Kleides und zog es hoch, um es an meiner Taille zu raffen und mich zu entblößen. Mit seinen Beinen stieß er meine auseinander und führte seine Hand zurück zwischen meine Schenkel.

„Wenn du ein Baby machen möchtest, dann müssen wir dafür sorgen, dass der Samen in dir bleibt." Er rieb über seine Feuchtigkeit, die aus mir und über meine geschwollenen Schamlippen geflossen war und mich benetzte. In dieser Position, mit meinen nach oben geneigten Hüften, würde der Samen bestimmt Zeit haben, um Wurzeln zu schlagen. „Es ist meine Aufgabe, dir dieses Baby zu geben und ich komme meinen Aufgaben gerne gründlich nach."

Er hörte nicht auf, mich zu streicheln, sondern begann mit meinem Kitzler zu spielen und brachte mich mühelos ein weiteres Mal zum Höhepunkt. Ich wölbte meinen Rücken und biss auf meine Lippe, um leise zu sein. Die ganze Zeit über sahen wir uns tief in die Augen.

„Jackson", flüsterte ich, dieses Mal schwang so viel in seinem Namen mit. Sehnsucht, Verlangen, Freude, Hoffnung. Ich hoffte, dass mir sein Samen das Baby machen würde, das wir beide so unbedingt wollten.

10

JACKSON

ES WAR UNMÖGLICH, meine Wut und Frust vor Hyacinth zu verbergen, aber sie hatte es nicht bemerkt, da ich uns beide mit Ficken abgelenkt hatte. Ich hatte nicht erwartet, sie so grob zu erobern, aber ich hatte mich in ihrem Körper verloren und das hatte ich gebraucht. So wie es den Anschein hatte, war es ihr genauso ergangen. Ich war geradezu rasend gewesen, wieder die Verbindung zwischen uns zu fühlen, an dem einen Ort, mit der einen Person zu sein, die alles andere verschwinden ließ. Das hatte sie auch, aber nur kurz.

Als ich mich im Stall meinem Vater angeschlossen hatte, hatte er mir von dem Mann erzählt, der von der Armee gekommen war. Ich kannte Colonel Jeffries und der Mann kannte mich. Wenn jemand einen Scharfschützen brauchte, war es ihm egal, ob ich aus dem Dienst entlassen worden war oder nicht, insbesondere Jeffries. Weil ich so gut war, war ich unabkömmlich. Warum sie mich überhaupt hatten gehen lassen, entzog sich meinem Verständnis. Vielleicht hatten sie es mit dem Wissen getan, dass es nicht lange dauern würde, bevor sie mich zurückbefohlen.

Mein Vater hatte das Unvermeidliche hinausgezögert, da ich erst geheiratet hatte. Er hatte den Mann zurück in die Stadt geschickt, bevor er seine Mission, mich einzuziehen, erfüllen konnte. Ich wusste, er würde sich von seinem Vorhaben nicht abbringen lassen. Er war zu weit gekommen, um mit leeren Händen zu gehen, weshalb er jetzt in der Stadt war und wartete. Er hatte mir einige Tage mit meiner Frau gewährt, aber das war alles. Ich würde gezwungen werden, zurück zu Fort Tallmadge zu gehen oder zu einem anderen Außenposten, der nicht einmal annähernd in der Nähe der Lenox Ranch war.

Fuck. *Fuck!*

Meine Zeit mit Hyacinth war begrenzt, da ich sie nicht mit mir nehmen konnte. Ich konnte sie nicht dem Schrecken dessen aussetzen, was ich gesehen hatte, was ich sicherlich wieder sehen würde – was ich wieder tun würde.

Sie hatte mich aus einem meiner Albträume gerissen und ich hatte ihr erklärt – sie gewarnt – dass ich kein guter Mensch war. Ich hatte ihr einige Details meiner Vergangenheit erzählt, aber nicht die ganze Wahrheit. Die war zu schlimm, als dass sie irgendjemand ertragen könnte, sogar für mich. Deswegen wachte ich nachts in kalten Schweiß gebadet auf und hatte Angst, wieder einzuschlafen. Ihr zu erzählen, dass ich Teil eines Regiments gewesen war, das Gruppen unschuldiger Menschen abgeschlachtet hatte, würde Hyacinth dazu bringen, mich zu hassen, und sie ruinieren. Sie war so süß, so perfekt, dass es sie zerstören würde, mit Menschen gruppiert zu werden, die Indianer hassten und sie von ihrem Land verjagten.

Unsere Ehe war vorbei, bevor sie richtig begonnen hatte.

Vielleicht könnte ich einen Heimataufenthalt erbitten oder irgendwann zu dem einfachen Leben eines Ranchers zurückkehren, aber wäre ich dann noch beschädigter, als ich es bereits war? Ich hatte von Männern gehört, die aufwachten und kämpften, die Leute verletzten, ohne dass sie davon wussten. Würde ich einer dieser Männer sein und Hyacinth oder das Kind, das wir bestimmt gezeugt hatten, verletzen? Ich könnte es nicht ertragen, wenn ihr irgendetwas zustoßen würde, insbesondere durch mich.

Als ich sie also in ihrem Schlafzimmer gefunden hatte, hatte ich sie ohne Raffinesse genommen. Ich hatte kein Gentleman sein können und hatte sie gefickt, wie ich es gebraucht hatte, grob und animalisch und sehr verdorben. Ich hatte die gekräuselte Rosette ihres Hinterns gesehen und hatte nicht widerstehen können, sie dort zu berühren und ihr mitzuteilen, dass ich sie dort eines Tages erobern würde. Als sie gekommen war, weil einer meiner Finger sanft in sie gedrückt hatte, ich ihre beiden unwiderstehlichen Löcher gefüllt hatte, hatte ich mich nicht zurückhalten können. Ich war heftig gekommen.

Aber erst ihr Geständnis, ihre Sehnsucht nach einem Baby, hatte mich fast zerstört. Ich wollte das kleine dunkelhaarige Mädchen, das wir machen würden, sehen, aber die Armee hatte andere Pläne. Wenn ich sie schon verlassen musste, dann musste ich ihr wenigstens alles geben, nach dem ihr Herz verlangte. Wenn das ein Baby war, dann würde ich sicherstellen, dass das geschah. Sie regelmäßig zu ficken, würde helfen und es wäre keine Bürde. Die Zeit war allerdings begrenzt, weshalb ich die nächsten zwei Tage damit zubrachte, genau das zu tun mit einem Enthusiasmus und einem Elan, der beinahe an Verzweiflung grenzte. Ich eroberte sie wieder und wieder, füllte sie mit meinem Samen, brannte sie mir ins Gedächtnis. Ihren Duft, das

Gefühl ihrer Haut, die Art, wie ihre Pussy, meinen Schwanz packte, den Klang ihrer Lustschreie. Einfach alles.

Ich brachte sie zum großen Haus und küsste ihre Stirn, bevor ich mit meinem Vater in die Stadt ritt, um mich mit Colonel Jeffries zu treffen. Ich hatte ihr erzählt, dass ich meinem Vater mit einigen Besorgungen helfen würde, nicht dass ich sie zu ihrem eigenen Wohl zurückließ. Das war alles. Ich konnte mich nicht verabschieden, da mir die Worte im Hals steckengeblieben waren und ich musste all meine Willenskraft aufbringen, um zurückzutreten und wegzulaufen in dem Wissen, dass sie sicherlich ein Baby unterm Herzen trug. Sie konnte zumindest mit einem Teil von mir glücklich sein, bis ich zurückkehrte. Eines Tages.

* * *

HAYCINTH

Ich verbrachte den Großteil des Tages im großen Haus, wo ich mit Miss Trudy daran arbeitete, neue Vorhänge für die Stube zu nähen. Die anderen hätten ihr zwar auch helfen können, aber ich nähte sauberer und ich plapperte nicht beim Arbeiten. Miss Trudy schien beides wichtig für dieses Projekt zu sein. Da Jackson in der Stadt war, musste ich mir keine Sorgen darum machen, dass er mich in eine dunkle Ecke zerren und über mich herfallen würde, obwohl die Vorstellung ihren Reiz hatte. Es war nach vier Uhr gewesen, als Miss Esther in die Küche getreten war, um das Abendessen zu kochen. Daraufhin hatten wir aufgeräumt und ich war Heim gelaufen.

Heim.

Das kleine Haus, das nur Big Ed gehört hatte, dann seines

und Jacksons geworden war, jetzt vorübergehend meines und Jacksons. Ich betrachtete es als mein Heim. Obwohl ich in dem großen Haus gelebt hatte, seit ich als kleines Mädchen im Montana Territorium angekommen war, schien Jacksons Schlafzimmer mir mehr ein Heim zu sein als jeder andere Ort. Es war nicht exakt das Zimmer, da es nicht gerade interessant war mit seiner spärlichen Möblierung, sondern es war der Ort, wo Jackson war, wo er mich in der Nacht hielt, wo er mich an sich zog und mich küsste, wo er mich unter sich schob und mich nahm. Ich gehörte zu ihm, ganz egal wo er war.

Ich sah, dass Big Ed auf mich zuritt und ich winkte ihm zu, während ich die Augen vor der Helligkeit der Sonne zusammenkniff.

„Hallo Hyacinth", begrüßte er mich, als er die Bremse des Wagens zog, dann hinabstieg. Jacksons Pferd war hinten an den Wagen gebunden. Big Ed wirkte nicht so lebhaft wie üblich. In der Tat sah er recht grimmig aus.

Etwas stimmte nicht, ich konnte es in meinen Knochen spüren. „Wie war dein Ausflug in die Stadt?", fragte ich neutral.

Er nahm seinen Hut ab und schürzte die Lippen. „Jackson ist fortgegangen."

Ich fühlte mich, als hätte ich eine Bleikugel geschluckt und mir wurde sofort heiß, dann kalt. Ich war keine Frau, die ständig ohnmächtig wurde, aber in diesem Moment war es möglich, dass ich zusammenbrechen würde.

„Wie bitte?"

„Das hier fällt mir nicht leicht und wir haben darüber geredet, wie ich es dir am besten erzählen soll. Aber es gibt keine leichte Methode, es dir beizubringen."

„In Ordnung", erwiderte ich hölzern.

„Die Armee hat ihn zurückbeordert."

Ich runzelte die Stirn. „Zurück? Ich dachte, er sei entlassen worden."

Meine Fingerspitzen kribbelten und mein Herz hämmerte so laut, dass es schwer war, seine Antwort zu hören.

„Das wurde er auch, aber du weißt, was für ein guter Schütze er ist. Du hast es gesehen."

Ich nickte.

„Sie brauchen ihn nach wie vor. Jemand kam, um ihn zu holen, und er hatte keine andere Wahl, als zu gehen."

Jetzt schüttelte ich den Kopf, während ich sprach. „Er hat gesagt, dass er nicht mehr Teil der Armee ist, dass wir ein Haus bauen oder eine Ranch kaufen könnten. Er hat nie erwähnt, dass er wieder gehen müsste."

Big Ed trat einen Schritt näher zu mir und legte eine große Hand auf meine Schulter. „Er wusste es nicht. Nicht bis vor ein paar Tagen, als der Colonel herkam."

Ich sah hoch in das vom Alter gezeichnete Gesicht des Mannes. Der Mann war am Tag nach unserer Hochzeit gekommen. Big Ed hatte ihm von unserem Ehegelübde erzählt und er war gegangen. Das bedeutete…

„Du wusstest es?" Ich trat einen Schritt zurück. Beide, er und Jackson, hatten gewusst, dass er gehen würde müssen und keiner hatte es mir erzählt. „Er wusste es auch." Tränen schnürten mir die Kehle zu und ich konnte nicht sprechen. Ich machte noch einen Schritt zurück und stolperte und Big Ed griff nach mir, aber ich hielt meine Hand hoch, um ihn mir vom Leib zu halten. „Er…er hat sich nicht einmal verabschiedet." Tränen rannen über meine Wangen und ich wischte sie weg.

„Er konnte nicht. Er…ich schwöre, Liebes, dass ihn das umgebracht hat. Er wollte nicht, dass du dir Sorgen machst und in all die schrecklichen Dinge, die in der Armee und mit den Indianern passieren, verwickelt wirst. Er wollte nichts davon für dich. Er wollte dich nur beschützen."

„Sorgen? Sorgen! Er wollte nicht, dass ich mir *Sorgen*

mache?" Meine Stimme war lauter geworden und die Pferde tänzelten nervös in ihren Geschirren. „Ich werde zu ihm gehen und ihm sagen, dass er sich lächerlich benimmt."

Ich marschierte zum Wagen davon, bereit, zurück in die Stadt zu reiten und Jackson zur Vernunft zu bringen, aber Big Ed schlang seinen Arm um meinen Bizeps und drehte mich zu sich um. „Er ist fort, Liebes."

„Nein. Nein! Du bist heute Morgen mit ihm in die Stadt geritten. Er kann nicht *fort* sein."

„Sie sind eine Stunde, nachdem wir in die Stadt gekommen sind, losgeritten. Er wird in Fort Tallmadge gebraucht."

„Aber – " Ich verstand es nicht. „Ich muss zu ihm gehen."

„Ich musste ihm aus diesem Grund versprechen, dass ich länger in der Stadt bleiben würde, damit du ihm nicht folgen kannst."

Ich blinzelte ihn an, versuchte, ihn durch den Schleier meiner Tränen klar zusehen.

„Er…er will mich nicht, er will lieber in der Armee sein. Er hat sich nicht einmal verabschiedet", wiederholte ich.

Ich drehte mich um und floh, rannte zu dem kleinen Haus, das nicht länger mir gehörte.

„Hyacinth!", schrie Big Ed. „Er liebt dich. Er liebt dich genug, um dich zu verlassen."

Ich hörte die Worte, aber wenn sie der Wahrheit entsprächen, würde das Ganze nur noch schmerzhafter sein. Ich fühlte mich, als wäre ich aufgeschlitzt worden, als ob mein Herz freigelegt worden wäre und blutete. Ich hatte mich in Jackson verliebt, in den Mann, der er war, mit seinen Narben und allem. Es war mir egal, dass er Albträume hatte. Es war mir egal, dass er für die Armee schlimme Dinge getan hatte. Ich liebte ihn einfach. Das schien allerdings nicht genug zu sein. Ich war nie genug. Wenn er mich liebte, hätte er es mir wenigstens erzählt und erklärt oder mich mit sich genommen. Es gab Frauen, die bei ihren Ehemännern bei der Armee stationiert waren. Was stimmte nicht mit mir, dass ich nicht mit ihm hatte gehen können?

Wenn er mich liebte, hätte er mich nicht zurückgelassen.

* * *

„Hyacinth."

Ich vergrub mich noch tiefer unter die Decken, zog eines von Jacksons Hemden näher an meine Brust. Ich hatte erst einen Tag in Jacksons Bett verbracht, aber ich beabsichtigte nicht, so schnell damit aufzuhören. Big Ed würde bestimmt irgendwann sein Haus zurückhaben wollen, aber er hatte mich nicht mehr behelligt, seit ich von ihm weggerannt war.

„Hyacinth Reed." Die Stimme rief wieder, dieses Mal lauter und viel energischer. „Komm unter der Decke hervor und lass uns reden."

Miss Esther. Ich stöhnte innerlich. Ich konnte mich nicht länger verstecken, denn wenn ich nicht selbst die Decke nach unten schob, würde sie sie einfach von mir reißen. Ich seufzte und schob die Decke nach unten, sodass ich zu ihr hochschauen konnte.

Das Zimmer war dunkel und ich konnte sie kaum sehen. Ich hörte das Kratzen eines Streichholzes und es erwachte zum Leben. Sie zündete die Lampe neben dem Bett an und das Zimmer wurde von einem goldenen Glanz erleuchtet. Miss Esther sah mit geschürzten Lippen und schmalen Augen auf mich hinab. Ich kannte diesen Blick. Enttäuschung.

„Du warst einen ganzen Tag in diesem Bett."

Sie stachelte meinen Zorn nur noch weiter an und auch ich verzog meine Augen zu schmalen Schlitzen. „Und ich habe vor, mindestens noch einen weiteren hier zu bleiben."

Ich zog die Decke wieder über meinen Kopf, aber sie wurde nach unten gerissen.

„Also wirst du dich in deinem eigenen Gestank suhlen und dich bemitleiden."

„In absehbarer Zukunft, ja."

Sie schnaubte. „Dieses Verhalten hätte ich von Iris, vielleicht sogar Dahlia, erwartet. Aber von dir?"

Da setzte ich mich auf und schleuderte ihr Jacksons Hemd entgegen, das sie mühelos auffing. „Er hat mich *verlassen*, Miss Esther. Man sollte doch meinen, dass einem etwas Selbstmitleid erlaubt wäre, wenn man eine Woche nach der Hochzeit vom eigenen Ehemann verlassen wird."

„Er ist nicht gestorben, Hyacinth", konterte sie und stemmte die Hände in die Hüften.

„Das hier ist sogar noch schlimmer. Er hat sich dafür *entschieden*, wegzulaufen. Er hat die Armee mir *vorgezogen*."

Ihre Augen blitzten bei diesen Worten auf. „Du bist ein undankbares kleines..." Sie holte tief Luft und dann fing sie von vorne an. „Ich hatte einst einen Mann. Er liebte mich und ich liebte ihn. Wir waren verlobt und wollten heiraten. Ich hätte das Haus meiner Eltern verlassen, wo es zu viele Münder gab, um sie alle stopfen zu können. Weißt du, was passiert ist?"

Ich schüttelte den Kopf. Ich hatte diese Geschichte nie zuvor gehört und dass Miss Esther verliebt gewesen war, war eine völlige Überraschung. Sie war allein, seit ich mich erinnern konnte.

„Er starb. Ein Fieber. Es ist durch die Stadt gefegt und hat viele Leben gefordert, einschließlich seinem. Everett war ein guter Mann und er hätte der Meine werden sollen. Stattdessen folgte ich eine Woche später Miss Trudy in das Bordell, da meine Eltern nicht länger in der Lage waren, mich zu ernähren. Solange dein Mann noch am Leben ist, hast du eine Chance."

Tränen traten mir in die Augen wegen dem, was Miss Esther verloren hatte, was sie nie wirklich gehabt hatte. Ich hatte fast eine Woche mit Jackson gehabt und ich würde diese Zeit gegen nichts in der Welt eintauschen. Sie hatte recht. Er war nicht tot. Aber anstatt, dass ich mich deswegen besser fühlte, fühlte ich mich so viel schlechter. Ich konnte nichts gegen die Tränen tun, denn obwohl ich fast den gesamten Tag geweint hatte, schien es noch mehr zu geben. „Es tut mir leid. Es tut mir leid von deinem Mann zu hören. Du hast recht. Ich bin undankbar. Es ist nur, dass…es ist einfach", ich hickste, dann schniefte ich, „er hat mich verlassen! Er hat sich nicht einmal verabschiedet."

„Glaubst du auch nur einen Moment, dass der Mann dich verlassen *wollte*?" Sie deutete auf die Tür, obwohl ich wusste, dass er nicht dahinter stand.

Ich begann, zu nicken, dann stoppte ich. Wir hatten davon geredet, ein Baby zu machen, ein Haus zu bauen, aber dann hatte er damit aufgehört. Das war ungefähr zu dem Zeitpunkt geschehen, als er erfahren hatte, dass er gehen musste. Weil er gewusst hatte, dass er gehen musste, hatte er unsere Träume eines gemeinsamen Lebens beiseitegeschoben, da er wusste, dass er lügen würde. Stattdessen hatte er mich immer wieder genommen, als ob er nicht genug bekommen könnte. Jedes Mal, wenn er mich gevögelt hatte, war er so aufmerksam, so dominant mit seinen Zuwendungen gewesen, dass es sich angefühlt hatte, als wolle er es zum besten Mal machen, weil es das letzte hätte sein können. Er hatte mich mit seinem Samen gefüllt, um mir das Eine zu geben, was ich mir am meisten wünschte. Ein Baby.

„Er hat Big Ed ein paar Dinge über seinen Beruf verraten, aber ich werde dir nichts erzählen, bis du dieses Bett verlässt, ein frisches Kleid anziehst und in die Küche kommst."

Sie machte auf der Hacke kehrt und ging. Ich hörte das Klappern der Kaffeekanne auf dem Herd und ich wusste, ich musste mich in Bewegung setzen. Allein die Neugier brachte mich dazu, aufzustehen und mich frisch zu machen. Miss Esther könnte sogar eine Schlange aus ihrem Loch locken.

Ich setzte mich an den kleinen Tisch und wartete schweigend, während Miss Esther Kaffee für uns beide kochte und sich mir gegenüber hinsetzte.

„Du hast von Custer und dem Kampf mit den Indianern am Little Bighorn gehört."

Meine Augen weiteten sich bei der Erwähnung des blutigen Massakers. Es war vor über zehn Jahren geschehen, aber da es ihm Montana Territorium passiert war, war es allen noch immer frisch im Gedächtnis. Viele Erzählungen dessen, was passiert war, waren im Umlauf, aber ich wusste, dass auf beiden Seiten viele Männer in der Schlacht gefallen waren.

„Jackson war dort?", fragte ich verblüfft und verängstigt. Jetzt wusste ich, warum er Albträume hatte.

Miss Esther nickte. „Laut Big Eds Erzählung war das eine seiner ersten Konfrontationen mit den Indianern, eine seiner ersten Schlachten in der Armee. Er war mit Reno zusammen, dem Mann, der aus dem Süden zum Kämpfen gekommen war. Also war der Großteil des Gemetzels bereits beendet, als sein Regiment ankam. Er war damals noch kein Scharfschütze, aber es hat seine Karriere geformt."

Meine Finger umklammerten meine Tasse so fest, dass meine Knöchel weiß hervortraten. „Er war zu diesem Zeitpunkt wie alt, vielleicht neunzehn?"

Sie nickte. „So was um den Dreh. Das war gegen Ende der Sioux. Es gab eine ganze Kampagne, um sie auszulöschen."

Ich zog eine Grimasse, als ich die Wahrheit hörte, aber es war dennoch sehr vage im Vergleich zu dem, was Jackson hatte ertragen müssen. „Ich schätze Jackson war ein hervorragender Schütze und wurde schon bald einer der Besten, vielleicht sogar *der* Beste in diesem Teil der Erde. Der Colonel kam Anfang der Woche hierher, um ihn für einen Sonderauftrag zurückzuholen." Sie trank einen Schluck Kaffee. „Ich weiß nicht, um was für einen Auftrag es sich handelt, genauso wenig wie Big Ed. Jackson wusste es ebenfalls nicht."

„Er wollte nicht gehen." Ich wusste es. Ich erinnerte mich daran, wie er mich berührt hatte, wie er in den vergangenen paar Tagen mehr oder weniger ständig mit mir hatte zusammen sein wollen.

„Das wollte er nicht", stimmte Miss Esther zu. „Die Frage ist, wirst du hier herumsitzen und heulen oder wirst du zu deinem Mann gehen?"

Die Tasse entglitt meinen Fingern und schlug hart auf dem Tisch auf, sodass Kaffee über den Rand spritzte. „Zu ihm gehen? Er hat mich zurückgelassen."

„Stimmt, aber er hat nur getan, was er für das Beste hielt, nicht was das Richtige war."

Ich legte die Stirn in Falten. „Da gibt es einen Unterschied?"

„Hyacinth, ich liebe dich. Das weißt du."

Ich nickte bei ihren unverblümten Worten, Worten, die sie nicht oft aussprach.

„Du hast dich in deinem Leben nie für irgendetwas eingesetzt. Du hast dich von deinen Schwestern gnadenlos ausnutzen lassen. Dieses arme Mädchen Jane, du hast zugelassen, dass dieser eine Vorfall", sie hob ihre Hand, um meine Proteste abzuwehren, „dich fast von dem Mann ferngehalten hat, den du liebst, nur weil du Angst hattest, wieder zu fühlen. Es war schrecklich, was dir und deiner Freundin, Gott möge ihre Seele behüten, passiert ist. Aber sogar *Jackson* hat dich einfach mit allem überrumpelt, was schön und gut ist, weil eine Frau das manchmal braucht. Willst du mit Jackson zusammen sein oder nicht?"

Ihre Worte taten weh, aber es war viel Wahres an ihnen. Ich nickte.

„Dann tu einmal in deinem Leben, was *du* für richtig erachtest, was dein Herz dir sagt. Schick deine Schwestern, die Stadt, jeden zum Teufel. Es ist dein Leben, jetzt geh und leb es."

„Ich kann nicht…ich kann nicht einfach allein nach Fort Tallmadge gehen!"

Sie grinste über meinen Ausbruch.

„Natürlich kannst du das nicht. Deswegen werde ich mit dir gehen."

11

JACKSON

Jeffries zog den kleinen Haufen Geld über den abgenutzten Tisch zu sich. Sein Grinsen war ein ungewöhnlicher Anblick. Der Mann gewann selten beim Poker und er trank selten. Vielleicht war eine große Menge Whiskey von Nöten, damit sich seine Fertigkeiten besserten.

„Ich wette, du bist froh, dass du nach Hause zurückgehen kannst", sagte er, während er nach unten griff, um eine Münze aufzuheben, die auf den Boden gerollt war.

„Du hättest mir sagen können, warum du gekommen bist, um mich zurückzubegleiten. Ich dachte, ich würde für eine Mission benötigt."

Der Mann rollte mit den Augen – definitiv ein Zeichen seines Suffs – und warf die Hände in die Luft. „Du hast mich alle zehn Minuten daran erinnert, außerdem tut mein Kiefer, dort wo du mich geschlagen hast, immer noch weh." Er hob seine Hand zu der Stelle, wo ihn mein linker Haken getroffen hatte, nachdem er mich nach Fort Tallmadge geschleift und mit den Anderen für die Verleihung von Ehrenabzeichen in eine Reihe gestellt hatte. Ich war nicht in den Dienst zurückbeordert worden. Ich war nicht als Scharfschütze gewollt worden. Sie hatten mir eine Medaille an die Jacke heften wollen – persönlich – weil der Vertreter des Präsidenten dafür den ganzen Weg von Washington hierhergekommen war. „Wir wussten alle, dass du nicht gekommen wärst, wenn ich dir den Grund genannt hätte."

Das war ein Gespräch, das wir unzählige Male geführt hatten, seit ich mit ihm vor einer Woche davongeritten war. Ich hatte zwei Tage im Sattel verbracht und elendig gelitten, weil ich wieder Menschen würde töten müssen. Stattdessen hatten sie mir auf den Rücken geklopft und mir eine Medaille an die Brust geheftet. Danach war es mir es mir freigestanden, zu gehen.

Ich war so wütend gewesen, dass er zugestimmt hatte, mit mir zur Ranch zurückzukehren und mir dabei zu helfen, die Wogen bei Hyacinth zu glätten. Sie hätte mit mir gehen und der Zeremonie beiwohnen können, obwohl mir diese Medaille scheißegal war. Aber Hyacinth war mir nicht scheißegal. Ich glaubte nicht, dass unser Aufeinandertreffen allzu gut verlaufen würde, wenn ich ohne Jeffries zu Hyacinth zurückkehrte. Ich konnte mich glücklich schätzen, wenn sie jemals wieder mit mir sprach. Es drängte mich, die Nacht durchzureiten, damit ich schneller zu ihr zurückkehren und mich mit ihr versöhnen konnte, aber das würde nicht passieren. Jeffries hatte zugestimmt, mitzukommen, aber er hatte mir das Versprechen abgenommen, dass wir dabei nicht unsere Pferde zugrunde richteten.

Eines der Saloonmädchen kam zu unserem Tisch und schlang einen Arm um seine Schultern. „Sieht so aus, als ob du eine gute Nacht hättest."

„Ja, Ma'am", erwiderte er, aber seine Augen erreichten ihr Gesicht nicht, da sie stattdessen an dem Rüschenrand ihres Korsetts und ihrem üppigen Dekolleté hängen blieben.

„Vielleicht kann ich deine Nacht sogar noch besser machen", gurrte sie, während sie den Armeehut von seinem Kopf nahm und ihn auf ihren setzte. „Ich bin Mabel."

Sie winkte eine Freundin herbei, die zu uns schlenderte.

„Du kannst mich Colonel nennen", sagte Jeffries und zog sie auf seinen Schoß.

Die Frau war attraktiv, aber der Kohlestrich auf ihren Augen und die geröteten Wangen ließen sie billig wirken. Ihre Freundin, die sich uns angeschlossen hatte, legte ihren Arm um meine Schulter, womit sie ihre Freundin nachahmte. Sie bewegte absolut nichts bei mir. Ich wollte Hyacinth. Ich träumte von ihr. Sie zu vermissen, hatte all meine Albträume ausgelöscht. An deren Stelle träumte ich jetzt von ihrer weichen Haut, ihren leisen Lustgeräuschen, ihrem sauberen Duft. Es war eine ganz andere Form der Folter.

Als ich den Arm der Frau von meiner Schulter hob, damit sie sich einem begierigeren Mann zuwenden konnte, hörte ich: „Nimm deine Hände von meinem Ehemann."

Ich hielt mitten in der Bewegung inne, da ich zuerst dachte, ich würde mir Dinge einbilden. Jeffries Augenbrauen schossen so weit nach oben, dass sie unter seinen Haaren verschwanden. Jeder in dem großen Raum verstummte, sogar der Klavierspieler unterbrach sein Tun.

Ich wirbelte auf meinem Stuhl herum, um zu bestätigen, dass Hyacinth wirklich hinter mir war. Dort stand sie, meine Frau, mit vor Wut lodernden Augen, hektischen roten Flecken auf den Wangen und einer Pistole in der Hand. Beide Frauen entfernten sich, dennoch sah ich aus meinem Augenwinkel, dass Jeffries Mabel zurück auf seinen Schoß riss. „Das ist *seine* Frau, nicht meine."

Ich erhob mich und wandte mich an Hyacinth. „Es ist nicht das, wonach es aussieht, Liebling."

Sie hob eine Augenbraue.

„Sag es ihr, Jeffries", forderte ich, ohne meinen Freund anzuschauen.

„Es ist nicht das, wonach es aussieht", wiederholte der Mann.

Als sie ihre Pistole senkte, setzte die Musik wieder ein und alle widmeten sich wieder den Karten, Frauen oder ihrem Drink. Ich wusste nicht, ob ich begeistert sein sollte, sie zu sehen oder ob ich sie über mein Knie legen und ihr eine Woche lang den Hintern versohlen wollte.

„Hyacinth Reed, was zur Hölle machst du hier?"

„Ich werde nicht zulassen, dass du mich für die Armee verlässt", verkündete sie und stemmte die Hände in die Hüften.

Ich hatte sie noch nie zuvor so entschlossen gesehen. Sie bebte förmlich vor Wut und das war das Heißeste, was ich jemals gesehen hatte. Hyacinth, *meine* Hyacinth, war stinksauer und ich hatte nie zuvor etwas Unglaublicheres gesehen. Das war wahrscheinlich das erste Mal in ihrem Leben, dass sie so etwas Dreistes getan hatte. Ich stellte mir vor, dass sie trotz ihres mutigen Auftretens, innerlich vor Angst zitterte. Ich musste herausfinden, was sie tun würde, was ihre Absichten waren, also erzählte ich ihr nicht die Wahrheit. Noch nicht.

„Das tust du nicht?", fragte ich und trat einen Schritt auf sie zu. Sie hatte zwar ein ziemliches Spektakel veranstaltet, aber ich konnte es nicht gebrauchen, dass jeder im Saloon die Details unseres Streites mitbekam.

Sie schüttelte den Kopf. Ihre Haare waren ordentlich nach hinten frisiert und ihr Kleid war frisch und sauber und sittsam. Es betonte ihre lieblichen Kurven, aber das war alles. Ich war der einzige Mann, der wusste, wie sie darunter aussah und diese Macht, dieses Privileg war so überwältigend. Sie war mir hinterhergeritten und in diesen Moment hätte ich sie nicht mehr lieben können, selbst wenn ich es versucht hätte.

„Du hast mir mit meinen Ängsten geholfen, hast mir gezeigt, dass ich mich hinter ihnen versteckte anstatt zu leben. Auch wenn ich mich wahrscheinlich nie richtig sicher in der Nähe dieses Baches fühlen werde und ich mich wegen Jane immer schuldig fühlen werde, so fühlt es sich dennoch gut an, es loszulassen. Weiterzumachen. Aber du", sie stieß ihren Finger gegen meine Brust, „du hast deine Probleme für dich behalten und mich dann verlassen, weil ich nicht würdig bin, dir mit ihnen zu helfen."

Ich legte meinen Kopf schief und seufzte bei ihren Worten. Zuvor hatte sie gedacht, sie wäre meiner nicht würdig, was mich nicht glücklich gemacht hatte, aber jetzt hatte sie gesagt, *ich* würde denken, sie wäre nicht würdig und das war so viel schlimmer. Ich hatte einen großen Fehler gemacht und ich musste ihn korrigieren.

„Ich habe schreckliche Dinge getan, Liebling. Ich bin verdorben. Ich dachte, ich würde wieder die gleichen Dinge tun müssen. Ich konnte nicht einfach losziehen und Leute erschießen, dann zu dir nach Hause kommen. Du wärst dann ebenfalls verdorben worden."

„Diese Entscheidung lag aber nicht allein bei dir", konterte sie.

„Wenn es um deine Sicherheit geht, bekommst du manchmal kein Mitspracherecht."

„Wäre ich in Gefahr gewesen?"

„Nein."

„Dann hättest du mich nicht zurücklassen sollen."

Ich beugte mich nah zu ihr und flüsterte: „Du solltest nicht mit einem Mörder leben müssen."

Ihre dunklen Augen wurden groß. „Du denkst, du bist ein Mörder?"

„Ich weiß, dass ich einer bin." Die Wahrheit zuzugeben, sorgte immer noch dafür, dass sich mein Magen verkrampfte, was wohl niemals aufhören würde.

„Dann bin ich auch eine Mörderin."

Ich runzelte die Stirn. „Wovon zur Hölle sprichst du?"

Wir stritten mitten im Saloon, während Jeffries und eine amouröse Frau auf seinem Schoß zuhörten. Der Rest der Gäste ignorierte uns. Ich war mir nicht sicher, ob so etwas so häufig passierte, dass es etwas Alltägliches war oder ob sie alle zu betrunken waren, um sich dafür zu interessieren.

„Ich habe Jane zum Bach gebracht. Es war meine Idee. Sie starb wegen meiner Taten."

Ich schüttelte den Kopf. „Das ist kein Vergleich. Du hast nicht den Abzug betätigt. Da wir gerade davon sprechen, gib mir das." Ich streckte meine Hand aus und nahm ihr die Pistole aus der Hand.

„Du hast deinen Job gemacht", sagte sie.

„Du *hast* deinen Job gemacht", wiederholte Jeffries.

Wir schauten beide zu dem Mann der Armee. „Du kannst das nicht ewig an dir nagen lassen, Reed. Es war deine Aufgabe, ein Scharfschütze zu sein. Du wusstest von Anfang an, dass du nicht dafür ausgebildet wurdest, eine Antilope zu töten. Du hast es immer gewusst. Du hast nach Befehlen gehandelt und du hast Männer gerettet."

Ich schüttelte meinen Kopf über meinen Freund. Mabel strich mit ihrem Finger an seinem Kragen vor und zurück, aber er ließ sich nicht ablenken.

„Wir können das endlos diskutieren, bis du kalt in deinem Grab liegst, aber das erklärt immer noch nicht, warum deine Frau hier ist." Er grinste und widmete seine Aufmerksamkeit wieder Mabel.

Ich sah auf Hyacinth hinab. „Ich werde dich nicht verlassen. Du hast gesagt, wir würden zusammen sein, dass du mir geben würdest, was auch immer ich will. Ich will bei dir sein."

„Hyacinth." Meine Stimme war kaum mehr als ein Flüstern, fast schon ein Flehen.

„Was war das Eine, das ich wollte?", fragte sie.

Ich schaute hinab auf ihren flachen Bauch, dann hob ich meine Augen, um in ihre zu blicken. „Bist du – "

Sie zuckte mit den Achseln. „Ich weiß es noch nicht, aber ich kann nicht bekommen, was mich glücklich macht, solange du nicht bei mir bist." Sie blickte von links nach rechts. „Vielleicht bin ich einfach zu wählerisch bei der Wahl des Vaters."

Das war's. Sie hatte meine Wut so weit angestachelt, wie es nur ging. „Zur Hölle", sagte ich, dann trat ich zu ihr und warf sie mir über die Schulter, trug sie die Treppe hoch zu einem der Schlafzimmer.

„Jackson!", schrie sie und hämmerte mit ihren Fäusten auf mein Kreuz.

Ich kickte die Tür hinter mir zu. „Du kannst mich nicht in ein Zimmer von einer deiner…deiner Frauen bringen."

Ich stellte sie behutsam vor mich auf die Füße. „Erstens ist das der einzige Ort in dieser gottverlassenen Stadt, der Betten hat. Zweitens habe ich kein Interesse an einer anderen Frau als dir. Drittens habe ich keinen Job bei der Armee. Sie wollten mir nur eine dämliche Ehrenmedaille verleihen. Sie haben sich geweigert, mir das zu erzählen, bis ich im Fort ankam, weil sie wussten, dass ich ansonsten gegangen wäre. Irgendein hohes Tier aus Washington war hier und sie erwarteten, dass jeder anwesend war."

Ihr Mund klappte auf. „Du meinst, du wirst nicht…"

Ich schüttelte den Kopf. „Ich war auf meinem Weg zurück zu dir. Ich hab Jeffries gezwungen, mit mir zukommen, damit er dir alles erklärt für den Fall, dass du mir nicht glaubst, was zuzutreffen scheint. Unglücklicherweise ist der Mann jetzt höchstwahrscheinlich bis zum Morgen unpässlich. Und ich habe nicht die Absicht, dich vor Sonnenaufgang aus diesem Zimmer zu lassen."

„Du hättest nicht einfach gehen sollen", sagte sie, während ihr Tränen in die Augen traten.

„Du hättest nicht allein hierherkommen sollen, um mich zu suchen."

„Miss Esther ist bei mir."

Ich trat einen Schritt zurück. „Hier? Im Saloon?"

Sie schüttelte den Kopf. „Nein, sie verbringt die Nacht auf einer Liege im Untersuchungszimmer des Stadtarztes. Du lenkst ab. Ich bin diejenige, die wütend ist, Jackson."

„Ich werde nicht zulassen, dass meine Frau mit gezückter Pistole in einen Saloon geht. Weißt du, wie gefährlich das ist?"

„Ich werde nicht zulassen, dass mein Ehemann einfach geht, um ohne mich ein Scharfschütze für die Armee zu sein."

„Ich kann dein Problem recht einfach lösen. Ich gehe *nicht* zurück zur Armee. Sie wollen mich nicht und ich will sie unter keinen Umständen. Ich will kein Scharfschütze mehr sein. Ich will nichts anderes mehr sein als dein Ehemann."

„Oh", erwiderte sie. Ihre Schultern entspannten sich.

Ich legte ihre Pistole auf den kleinen Tisch neben der Tür und setzte mich auf das Bett, wodurch das Gestell unter meinem Gewicht quietschte. „Komm her, Liebling."

Sie schaute zu mir, dann kam sie zu mir und stellte sich zwischen meine Knie. Ich legte meine Hände auf ihre schmale Taille. „Du hast mich mit deinem Auftauchen zehn Jahre meines Lebens gekostet."

„Es tut mir leid, Jackson."

„Mir tut es auch leid. Ich wollte es dir erzählen, wollte mit dir zusammen sein, aber Liebling, es gibt Dinge in meiner

Vergangenheit, genau wie in deiner, die mich verfolgen. Du hast für ein Jahrzehnt die Scham, die du empfunden hast, für dich behalten. Ich möchte genauso wenig die Scham über das, was ich getan habe, besprechen. Ich habe mich nach dir gesehnt, Hyacinth. Dich zu verlassen, war das Schwierigste, was ich jemals getan habe, und ich schwöre, ich werde es nie wieder tun."

Ihre Hand hob sich und streichelte meine Haare. Die sanfte Berührung war tröstlich. „Und ich schwöre, ich werde nie wieder für dich in einen Saloon stürmen. Aber wenn ich noch einmal eine andere Frau mit ihrem Arm um deinen Hals sehe, kann ich für nichts garantieren."

Ich grinste über ihre bissige Antwort, da mir gefiel, dass sie ihre Eifersucht zugab.

„Ja, Ma'am. Ich sollte dich wegen deinem absolut unvernünftigen Verhalten übers Knie legen."

„Jackson", warnte sie mich und versuchte, sich aus meinem Griff zu winden.

„Aber ich werde es nicht tun."

„Oh?", fragte sie und legte ihre Hände auf meine Schultern. Sie war so nah bei mir, so nah, dass ich ihren blumigen Duft einatmen und ihren warmen Atem auf meinem Gesicht fühlen konnte. Ich streckte meine Hand aus und begann, die Nadeln aus ihren Haaren zu ziehen und sie auf den Boden zu ihren Füßen fallen zu lassen.

„Weißt du, was du mir angetan hast, als du deine Pistole auf mich gerichtet hast?"

Sie schüttelte ihren Kopf, während sie auf ihre exquisite Unterlippe biss.

„Du hast mich hart gemacht."

Ihre Augen weiteten sich, dann blickte sie nach unten zwischen uns, wo sie mit Sicherheit meinen steinharten Schwanz sehen konnte, der sich gegen meine Hose drückte. Selbst nach all den Stellungen, in denen wir gefickt hatten, war sie immer noch zu unschuldig, um zu verstehen – ich hatte sie erst vor einer Woche zum ersten Mal genommen. Es schien so viel länger her zu sein.

„Das habe ich?", fragte sie.

Während ich nickte, fügte ich hinzu: „Ich *sollte* dir den Hintern dafür versohlen, dass du nicht an deine eigene Sicherheit gedacht hast, aber mir gefällt es, die wilde Seite der Hyacinth Reed zu sehen und deine Besitzgier ist sehr erregend."

„Du gehörst mir, Jackson. Ich könnte es nicht ertragen, wenn du dein Herz einer anderen schenken würdest."

Ich nahm ihre Hände und legte sie auf meine Brust, direkt über mein Herz. „Es gehört dir, Liebling. Nur dir."

„Gut, denn ich glaube nicht, dass ich jemanden lieben könnte, der mich nicht auch liebt."

Ich grinste über ihre verdrehte Art und Weise, mir zu erzählen, dass sie mich ebenfalls liebte. „Ich habe meine Pflichten vernachlässigt."

Ich fiel zurück auf das Bett und zog sie mit mir, sodass sie direkt auf mir landete und ihre Haare wie ein Vorhang um unsere Gesichter fielen.

„Darin ein Ehemann zu sein?"

Ich schob ihr Kleid ihre Beine hinauf. „Dich mit meinem Samen zu füllen."

„Ja, das hast du. Ich habe mich so leer gefühlt, Jackson." Ihre Stimme nahm einen schmollenden Tonfall an. Obwohl sie nur mit mir spielte, brachten mich ihre Worte zum Stöhnen.

„Wo?", fragte ich, während meine Hände über ihren Hintern streichelten, dann tiefer wanderten, um ihre Schenkel auseinander zu schieben, kurz bevor meine Finger über ihre feuchte Hitze glitten. „Hier?"

Ich tauchte in ihren Eingang und ihre inneren Wände drückten meinen Finger.

„Ja", flüsterte sie, wobei ihr Atem über meinen Hals strich.

Ich spielte eine lange Minute mit ihrer Pussy, genoss das Gefühl. Ich hatte sie vermisst, hatte es vermisst, sie zu berühren, hatte ihre sehr begierige, sehr bereite Pussy vermisst. Aber das war nicht genug, also ließ ich meine Hand zurückgleiten und über das winzige jungfräuliche Loch ihres Hinterns. „Was ist hiermit? Fühlst du dich hier leer?"

„Jackson", flehte sie. Das letzte Mal, als ich sie dort berührt hatte, war sie gekommen, weshalb ich wusste, dass Analspielchen etwas Angenehmes für sie waren. Aber ich hatte damals nicht mehr getan, als meine Fingerspitze in sie zu drücken.

Ich hob meine andere Hand, um einen Finger auf ihren Mund zu legen und fuhr damit über ihre Unterlippe. Als sie ihren Mund öffnete, schob ich meinen Finger hinein und sie saugte daran. „Wie steht es mit hier? Fühlt sich dein Mund leer ohne meinen Schwanz?"

Sie gab meinen Finger mit einem Keuchen frei, während ich weiterhin mit ihrer Pussy und Hintern spielte.

„Jackson, bitte", bettelte sie.

Ich war an ihrem Bauch steinhart und ich hatte nicht vor, uns beiden zu verweigern, was wir so verzweifelt wollten. Indem ich sie herumrollte, zog ich sie unter mich und begann, ihr das Kleid auszuziehen. Ihre Hände hoben sich zu meinem Hemd und wir kämpften mit unseren Kleidern, wobei unsere Atmung wild und unsere Bewegungen hektisch waren, bis wir endlich beide nackt waren.

Da küsste ich sie, wodurch die Spitzen ihrer Brüste hart wurden, während sie sich gegen meine Brust drückten. Ihre Beine hoben sich, sodass ich zwischen ihren Hüften platziert war und mich ihre Knie festhalten konnten. Das waren nicht die jungfräulichen, keuschen Küsse, die ich zu Beginn mit ihr ausgetauscht hatte. Das hier war eine Verschmelzung von Mündern. Wir hatten eine Trockenperiode durchleben müssen und nun endlich Abhilfe gefunden. Ich brauchte das. Ich musste wissen, dass ihre Leidenschaft genauso groß war wie meine, dass ich genauso in ihr verloren war, wie sie in mir.

Ich verharrte nicht lange bei ihrem Mund, sondern wanderte ihren Hals hinab zu ihren Brüsten, wo ich einen aufgerichteten Nippel in meinen Mund nahm und in dem Wissen daran nuckelte, dass bald ein Baby, das wir gezeugt hatten, das Gleiche tun würde. Als ich die Seiten wechselte, brachte ich sie fast zum Höhepunkt. Ihre atemlosen Schreie und die Art, wie sie sich mir entgegenwölbte und an meinen Haaren zog, waren ein Hinweis darauf, dass sie es liebte. Ich küsste mich ihren Bauch hinab, sodass ich mich zwischen ihren Schenkeln niederlassen konnte und mir der süße Duft ihrer Erregung entgegenwehte. Ich zupfte spielerisch an den dunklen Locken, die ihre Pussy bedeckten.

„Die werden weichen müssen. Sobald wir nach Hause kommen, werde ich dich rasieren."

Sie stemmte sich auf ihre Ellbogen und sah mit geröteten Wangen und vor Erregung verschleiertem Blick, zu mir hinab.

„Warum?", wollte sie wissen.

Ich stupste mit meiner Nase gegen ihren Kitzler, dann versteifte ich meine Zunge und leckte einen Pfad ihre Spalte hinauf. „Weil es so viel intensiver für dich sein wird, wenn diese Pussy ganz nackt und glatt ist. Ich glaube, ich habe eine Aufgabe zu erledigen."

Ich griff nach oben, legte meine Hand zwischen ihre Brüste und drückte sie nach unten, wo ich sie festhielt, während ich an ihrer Pussy leckte und knabberte. Es gab keinen Zentimeter ihres Körpers, den ich nicht kannte, um den ich mich nicht kümmerte. Als ich zwei Finger in ihr krümmte und ihren Kitzler zwirbelte, brachte ich sie mühelos zum Höhepunkt. Ihre Lust entwich ihr mit einem äußerst lieblichen Schrei.

Ich hörte nicht auf, bis auch die letzten Nachbeben ihres Orgasmus verklungen waren und sie befriedigt und keuchend vor mir lag. „Ich bin froh, dass wir in einem Saloon sind, Liebling, da sich hier niemand nach deinen Lustschreien erkundigen wird."

Wenn sie nicht bereits so gerötet wäre, war ich mir sicher, dass ihre Wangen jetzt knallrot werden würden.

„Nun denn, ich glaube, ich bin im Rückstand darin, dir Orgasmen zu verschaffen."

Ich könnte den ganzen Tag zwischen ihren gespreizten Schenkeln verbringen und ich würde sie mindestens zweimal zum Höhepunkt bringen, bevor ich mich selbst tief in ihr vergrub. Der zweite Orgasmus war ihr schnell entlockt, da sie sich nie richtig von dem ersten erholt hatte. Sie riss an meinen Haaren, während sie die Wellen der Lust ritt, und ihre Füße drückten gegen meine Seiten.

„Nein, Jackson, ich kann nicht. Es ist zu viel", schrie sie. Ihre Haare waren feucht und klebten an ihrer Stirn.

„Noch einer, Liebling, und dann werde ich dich vögeln."

Sie murmelte irgendetwas Unzusammenhängendes, während ich ihre Säfte aufleckte, die weiterhin aus ihrer Pussy tropften. Es stand außer Frage, dass sie bereit war, dass mein Schwanz direkt in sie gleiten würde. Aber sie musste noch ein weiteres Mal kommen. Dieses Mal badete ich meinen Finger in ihrer Erregung und schmierte ihren Arsch damit ein, wobei ich immer wieder ihren gerunzelten Eingang umkreiste, damit sie sich nach der anfänglichen Überraschung entspannte.

„Dieses Mal, Liebling, wirst du kommen, während ich deinen Hintern mit meinem Finger ficke."

Sie schüttelte den Kopf, aber sagte nichts, da sie zu verloren in ihrem eigenen Körper war, um mir jetzt noch Widerstand leisten zu können. Ich vergewisserte mich, dass sie schön feucht war und begann, langsam in ihren Eingang zu drücken, während ihr Körper gegen mich ankämpfte. Ich ließ mir Zeit und senkte meinen Kopf, um mit meiner Zunge gegen ihre geschwollene rosa Perle zu schnalzen. Diese eine Bewegung ließ ihren Körper weich werden und ich beobachtete, wie mein Finger in ihren jungfräulichen Hintereingang glitt.

„Das ist es, so ein braves Mädchen. Ich werde dich hier vögeln, wenn du gut vorbereitet bist, aber nicht bevor du unser Baby in deinem Bauch hast. Bis dahin will ich keinen Tropfen meines Samens verschwenden."

Sie stöhnte bei der neuartigen Empfindung, den Hintern penetriert zu bekommen, aber das war nur der Anfang. Ich hegte keinerlei Zweifel daran, dass sie kommen würde. Die Art und Weise, wie sie ihre Hüften im Gleichklang mit den leichten Stößen meiner Finger bewegte, veranlasste mich dazu, meinen Kopf zu senken, um an ihrem Kitzler zu saugen und zu lecken. Ich konnte nicht länger warten, da aus meinem Schwanz bereits die Flüssigkeit quoll, von der ich wusste, dass sie bedeutete, dass ich mich tief in ihr versenken musste. Meine Eier schmerzten und ich sehnte mich verzweifelt danach, in meine Frau zu sinken.

Und daher brachte ich sie zum Höhepunkt, indem ich ihren perfekten kleinen Kitzler und ihren engen Arsch verwöhnte.

Als ihr Körper aufhörte, meinen Finger zu drücken, setzte ich mich zurück und schaute auf Hyacinth hinab. Ich betrachtete ihre wilden Haare, ihre roten, geschwollenen und geöffneten Lippen. Röte überzog ihr Gesicht und reichte sogar bis zu den Spitzen ihrer Brüste. Ihre Beine waren weit gespreizt und die Locken, die ihre Pussy bedeckten, glänzten von ihrer reichlich vorhandenen Erregung. Sogar die Lippen darunter waren geschwollen und geöffnet.

Ich stöhnte bei diesem fantastischen Anblick. Anschließend legte ich eine Hand neben ihren Kopf, brachte meinen Schwanz in Position und stieß tief in sie. Es gab keine Vorwarnung, da Hyacinth keine brauchte und ich war zu begierig, um auch nur noch einen Augenblick zu warten. Sie zog sich um mich herum zusammen und zischte ein sehr heiseres „Ja!", als ich sie vollständig füllte. Jetzt gab es nichts mehr zwischen uns. Nichts, nicht einen Zentimeter Raum. Die stumpfe Spitze meines Schwanzes stupste gegen den Eingang ihrer Gebärmutter und ich begann, mich zu bewegen. Unterdessen pulsierten ihre inneren Wände um mich, als wollten sie mich hineinziehen und tief in sich behalten.

Das würde schnell gehen, da sie zu heiß, zu eng und zu sehr die Meine war, als das ich das Unvermeidliche hätte hinauszögern können. Meine Hoden zogen sich zusammen und mein Samen spritzte aus mir, sobald sich Hyacinths Augen weit öffneten und ihr der Schrei in der Kehle stecken blieb. Ihr Körper molk den Samen von meinem, zog ihn heraus, behielt ihn, verwahrte ihn tief in sich.

* * *

HYACINTH

Ich war im Delirium. Ich hatte keine Ahnung gehabt, dass ich von den Aufmerksamkeiten eines Mannes meinen Verstand verlieren könnte. Nicht von den Aufmerksamkeiten irgendeines Mannes, sondern *Jacksons*. Er war so aufmerksam gewesen, dass ich nicht einmal, nicht zweimal, sondern dreimal durch seinen Mund auf meiner *sehr* begierigen Pussy gekommen war.

Es hatte sich so gut angefühlt – so gut, dass ich meine Wut, meine Angst, meine Sorgen, einfach alles bis auf das, was er mit mir tat, losgelassen hatte. Er hatte meinem Körper Lust entlockt, bis ich schlaff und befriedigt und verloren war. Selbst dann hatte er noch weiter gemacht und mich noch weiter an meine Grenzen gebracht. Als er seinen Finger an meinen Hintereingang gehalten und mir erklärt hatte, dass er mich dort nehmen würde, hatte ich für einen flüchtigen Moment, nur wenige Sekunden, etwas Angst und definitiv Widerwillen verspürt. Als sein Finger jedoch in mich geglitten war, hatte ich nichts anderes als himmlisches Vergnügen empfunden. Es war so umwerfend in seiner Intensität gewesen, dass ich so heftig gekommen war, dass mir nicht einmal Worte über die Lippen gekommen waren. Ich hatte nicht gewusst, dass es so sein könnte, und dass die Vorstellung verlockend sein könnte, dass er mich dort, eines Tages, mit seinem Schwanz füllen würde.

Wir atmeten beide schwer und versuchten, uns von der süchtig machenden Runde Liebemachen, die ich mir niemals so vorgestellt hatte, zu erholen. Er war auf mir zusammengebrochen, hielt sein Gewicht aber mit seinen Unterarmen von mir. Sein Schwanz befand sich noch immer tief in mir und war auch nach wie vor hart. Ich spürte, dass ein wenig Samen heraustropfte. Er verschob sich so, dass ich auf meinem Rücken lag und er neben mir. Er schnappte sich ein Kissen und stopfte es unter meine Hüften, wodurch er meinen Unterleib anhob, damit sein Samen in mir bleiben würde.

„Glaubst du, dass wir dieses Mal ein Baby gemacht haben?", fragte ich und strich mit meiner Hand über seine weichen Bartstoppeln.

„Absolut."

„Wie kannst du dir da so sicher sein?", fragte ich. Gab es etwas am Babymachen, von dem ich nichts wusste?

„Weil wir, wenn wir alt und grau sind, unseren Enkeln erzählen können, dass wir unsere Familie im oberen Stockwerk eines Saloons gegründet haben." Er legte seine große Hand auf meinen Bauch.

„Niemand würde jemals glauben, dass Hyacinth Lenox eine Nacht in einem Saloon verbracht hat."

Jackson grinste auf mich hinab und küsste meine Nasenspitze. „Oh, Liebling, wir werden es wissen. Ich werde wissen, dass du, Hyacinth *Reed*, wild und verrückt bist und mit gezückter und geladener Pistole in einen Saloon gestürmt bist, bereit, deinen Mann für dich zu beanspruchen."

„Ich würde es wieder tun, Jackson. Ich würde alles noch einmal tun."

„Und ich würde wieder hart werden und dich ficken. Jederzeit, Liebling. Jederzeit."

* * *

Garrison hat sich lang genug geduldet. Es ist an der Zeit, dass er seine Braut für sich gewinnt.

Dahlia Lenox hat das Ranchleben, Regeln und Einschränkungen satt. Der Pokertisch ist ihre Domäne und der einzige Ort, an dem sie sich niemandes Regeln außer ihren eigenen beugen muss. Der größte Gewinn ihres Lebens, ein Preis, der sie von ihrem Kleinstadtleben befreien könnte, ruft nach ihr und sie kann es nicht erwarten, diesen Preis für sich zu beanspruchen. Nichts ist allerdings perfekt und die Stadt zu verlassen, bedeutet auch, den einzigen Mann zu verlassen, der jemals die Sehnsucht in ihr geweckt hat, die Seine zu werden: Garrison Lee. Sich ihm hinzugeben, ist jedoch keine Option.

Garrison möchte alles von Dahlia haben, einschließlich ihres Gehorsams im Bett. Er ist geduldig gewesen. Er ist höflich gewesen. Und er ist ein verdammter Gentleman gewesen. All das hat ihm lediglich eine Abfuhr von Dahlia bei jedem der drei Male, bei denen er um ihre Hand angehalten hatte, eingebracht. Als Dahlia alles riskiert, um ihm für immer zu entkommen, ist Garrison gezwungen, in einem Pokerspiel alles auf eine Karte zu setzen…der Gewinner bekommt alles.

Lies jetzt Revolver & Röcke!

Sehen Sie die Liste aller Vanessa Vale Bücher auf Deutsch. Klick hier.

HOLEN SIE SICH IHR KOSTENLOSES BUCH!

Tragen Sie sich in meine E-Mail Liste ein, um als erstes von Neuerscheinungen, kostenlosen Büchern, Sonderpreisen und anderen Zugaben zu erfahren.

kostenlosecowboyromantik.com

ÜBER DIE AUTORIN

Vanessa Vale ist eine USA Today Bestseller Autorin von über 60 Büchern. Dazu zählen sexy Liebesromane, einschließlich ihrer bekannten historischen Liebesserie Bridgewater, und heißen zeitgenössischen Romanzen, bei denen dreiste Bad Boys, die sich nicht nur verlieben, sondern Hals über Kopf für jemanden fallen, die Hauptrollen spielen. Wenn sie nicht schreibt, genießt Vanessa den Wahnsinn zwei Jungs großzuziehen, findet heraus wie viele Mahlzeiten man mit einem Schnellkochtopf zubereiten kann und unterrichtet einen ziemlich guten Karatekurs. Auch wenn sie nicht so bewandert in Social Media ist wie ihre Kinder, so liebt sie es dennoch, mit ihren Lesern zu interagieren.

www.vanessavaleauthor.com

HOLE DIR JETZT DEUTSCHE BÜCHER VON VANESSA VALE!

Du kannst sie bei folgenden Händlern kaufen:

Amazon.de
Apple
Weltbild
Thalia
Bücher
eBook.de
Hugendubel
Mayersche

www.ingramcontent.com/pod-product-compliance
Lightning Source LLC
LaVergne TN
LVHW011836060526
838200LV00053B/4052